詩人と新しい哲学

ジョン・ダンを考える

早乙女 忠

松柏社

詩人と新しい哲学——目次

詩人と新しい哲学——ジョン・ダンを考える

1

モザイクの世界

1

ジョン・ダンの広く読まれている抒情詩や『聖なるソネット集』は、緊密、凝縮、充実という特徴を備えていて詩的完成度が高く、そこにはダンの芸術家としての意志が強く作用しているように思われる。「愛は一つの小さな部屋を世界全体に変える」（「目覚め」）。「ぼくたちはソネットのなかに綺麗な部屋をつくることにしよう」（「聖列加入」）。「こうしてぼくたちは一体となり、おたがいの一切のものを手にいれることになる」（「愛の無限性」）。「太陽よ、このベッドがおまえの世界の中心、この部屋の壁がおまえの軌道なのだ」（「日の出」）。「私は神によって精巧につくられた小さな世界」（『聖なるソネット集』十五）。「これが私の劇の最終場面、天はここに私の旅路の最後の一マイルを定め給う」（『聖なるソネット集』三）。小さな寝室と舞台の一場面に、知的な思考と結びついた情念が集中的に注がれる。ダンはおのれの愛と宗教を狭い空間に導きいれ、その小空間でわれとわが身の劇を演じようとする。こうして幾重にも引き裂かれた自我を、神経症的とも思える葛藤を経てダンは一個の全体として統合しようとする。そして愛と宗教の神秘を凝縮して語るダンの文学的創造に関して、これまで多くの研究者たちが語りついできた。

しかしそうした過度に意識的な詩のほかに、空漠たる拡がりや時間的な変転におのれの詩神を解放するやや長い作品を、ダンは何篇か書いている。エピソードを羅列する長篇詩や、同一の主題に基づく複数の詩による叙述、またほとんど日録に近いドキュメントを執筆しているのだ。これらの作品の制作に専心していた時、ダンはおのれを取りまく世界が統一的なイメージによって一元化されぬことを感じていたろう。その認識つまり知的な懐疑の精神が萌して、世界と自我の表現のために抒情ではなく継続的な叙述という形式を必要としたのである。フランク・カーモードの次の文章が、現実的なダンを見るに当って示唆的である。

世界と書物は多元的な存在で、人を果てしなく失望させるように思われる。私たちは世界と書物に対面してそれらが恣意的なことと読解の困難なことに気づくのであり、結局これが私たちの無謀な介入によって物語となり、私たちの秘かな企みによって解釈が可能になることを知るのだ。……私たちのただ一つの希望、快楽は、最後に失意の扉が閉ざされる前に一瞬の輝きを知覚することである。(1)

ダンも世界の「恣意性」と「読解の困難」に立ちすくみ、「無謀な介入」と「秘かな企み」を意図して、「失意の扉」が閉ざされぬうちに、おのれの内部また外部の世界から物語の糸を紡ごうとした。ダンの戦略は、作品の全体的な構成に一応の目安をつけながらも、次々に詩的小世界を造型し、たとえ相互に矛盾しあうものであれ、それらの破片のような小世界を積み上げるのである。『妖精の女王』に見られるスペンサーの気の遠くなるような長大な空間の形成や『失楽園』におけるミルトンの叙事詩的統一の構想は、ダンには無縁だった。ダンの方法は「小さな部屋」からモザイクの家をつくることだったといえよう。あるいは舟から網を投げて、獲物が見当たらなければ別のところでふたたび網を投げる。多元性の海、モザイク模様の建築物こそ、ダンにとって限りなく創造の可能性のある世界であり、様式だったのだ。ダンの長篇詩と散文の特色を、継続、並置、羅列と規定することができるだろう。こう考える時に、次のピーター・コンラッドの文章は極めて興味深い。コンラッドはダンの『一周年追悼詩――世界の解剖』について、スペンサーとダンといったまったく異なる感性の詩人を大胆にも共通項を設けて結びつけ、斬新な見解を示す。

『一周年追悼詩』の方法は付加的、累積的で、スペンサーの詩的世界を構築する類似物の並列法に似ているが、そこで描かれる事柄は、逆の経過をたどる。人生と時間が集約され、一尺が一寸に短縮され、破壊的な断片化が試みられるのだ。ダンはこの追悼詩でその死を歎くことになる少女エリザベス・ドルアリーに対して、主題を解明し、作品を統一する、倫理的、構造的な能力を付与する。チョーサーにあっては騎士が、スペンサーにあっては「自然」がそうした力を振うのである。

すべての部分を再結合するその人、
引き裂かれた部分を寄せ集めて
一つのものに統合する磁力をただ一人もつその人。

『一周年追悼詩』の不幸は、すべてを秩序づける中心の欠如である。その償いとして　ダンは、その少女に空虚な賛辞を惜しまずに呈するのである。[2]

コンラッドの文章、特に結論の部分は『一周年追悼詩』を論ずる際に改めて検討しなければならないが、いま取り上げるのは、スペンサーとダンの詩的方法に関する記述である。スペンサーの和合、調和をめざす想像力と、ダンの「破壊的な断片化」が、相互に異質な文学的空間を形成するのだが、コンラッドは「付加的、累積的」な手法が両詩人に共通すると指摘するのである。

付加的、累積的といわれる方法はまさに近代的、現代的なものに思われる。事々しく記すまでもないが、「引き裂かれた諸部分を寄せ集めて、それを一つのものに統合する磁力」

の欠如が近代を特色づけており、それに対処するために、付加、累積が不可避だといえる。しかし、付加的、累積的方法にはスペンサーやダンよりもはるか遠く古典古代に先蹤があるのだ。それはアウグストス帝政下のローマで詩作し、晩年になって黒海沿岸のトミスに追放されたオウィディウスである。オウィディウスは『変身物語』において、さまざまな神話、伝承、歴史、観念を並列的に積み重ねる。この詩人は、作品を理念によって統一するウェルギリウスの方法に対抗して、あまたのエピソードを羅列する語り方を選んだ。次々に神話物語を並置するオウィディウスの意図は何だったのだろうか。

最近のオウィディウス研究の重要な成果を、エズラ・パンウド学者のリリアン・フィーダーが次のように報告している。

『変身物語』に関する近年の研究は、総じてその最終巻で描かれる万物流転に関するピュタゴラスの教理の重要性を退ける。オウィディウスが哲学的にこの教理に関与していないことを、だれしも認めている。むしろそれは、作品の有機的な統合原理つまり変身を、生命それ自体の経過として明示し、発展させる手段であるように思われる。「私の言葉を信じてもらいたいのだが、この全世界に、何一つ滅びるものはない。様々に変化し、新しい姿をとってゆくというだけのことなのだ」。（一五・二五四―五五）[3]

『変身物語』は、「万物は変転するが、何一つとして滅びはしない」ことを示すエピソードを「付加」することをやめない。個々の変身譚の総計は二百五十を数えるだろう。フィーダーによれば、オウィディウスは「生命それ自体」（つまり自然）を、構造的にも倫理的にもすべてを（作品を、世界を）秩序づける中心においたのである。そうした「生命それ自体の経過」の多様な描出を現実に促した経緯について、比較文学者レナムは次のように書いている。

オウィディウスはローマ的中心の弱さ、あるいは充実した調和ある内面性と新たなる自我の欠如を指摘する。オウィディウスが追放される前の詩のすべては、ある意味ではこの裂け目、中心におけるこの空隙をさぐる。……だれであれ自己意識の境界線を越えなければならないのは確かだが、それを越えるには正直な方法と偽りの方法、詩の方法とプロパガンダの方法があった。オウィディウスは正直になりたいと思ったが、アウグストスはそうは思わなかった。アウグストスがオウィディウスを追放したことに不思議はない。(4)

オウィディウスが見たものはローマ的頽廃であり、みずから頽廃を経験しながらそれを見ようとしないアウグストスのイデオロギーだった。オウィディウスが遠流《おんる》に処せられたのは、アウグストス賛美の詩を書かなかったためでも、宮廷内のスキャンダルに加担したためでもなく、ローマが「充実した調和ある内面性また新たなる自我」を欠くと終始訴えたためなのだ。

付加的、累積的方法は、時代の「新たなる自我の欠如」と密接に関連する。スペンサーは『妖精の女王』を執筆しながらそのことに気づき、第五、六巻では移りゆく時代の「新たなる自我」を発見できずに苦慮している。主要な騎士たちが騎士道からの逸脱を自覚し始めたが、そのことはロマンス様式が崩れつつあることを示唆する。ダンはそこから文学的に出発しただろう。オウィディウスの作品の「潜在的な混成、断片性、多重音声性」(デュロチャー)[5]は、スペンサーよりダンにおいてはるかに鮮明である。だがスペンサーもこの方法について彼なりに考えていたように思われる。スペンサーは『妖精の女王』の四巻十一篇の全体を費して花婿のテムズ川と花嫁のメドウェイ川の「川の結婚式」を歌い上げ、ロマンス風の叙事詩から抒情的情念を噴出させるが、その直後に、「式に列なる海の夥しい子孫を数えあげるとは、ああ私は何と果てしない仕事に挑んだことか」(四・一二・一―二)と歎く。百七十を数える海神、英雄、河川の精を、神話、歴史、民間伝承で彩りながら列記する営みを「果てしない仕事」(an endlesse werke)と称するのだ。これを「終わりなき作品」と読みかえれば『妖精の女王』の全体的様式を指示することになり、「目的なき作品」と読めば、ひたすら言語的豊穣を祝福する詩自体に言及することになる。「終わりなき作品」という語句は、ピーター・コンラッドのいう「類似物の（無限な）並列」という方法をスペンサー自身が暗に示したと考えることができよう。

ダンの付加的、累積的な「終わりなき作品」として、『魂の遊歴――霊魂転生《メテムプシコーシス》』（一六〇一年）、二篇の『周年追悼詩』（一六一一、一二年）、他に散文作品の『不意に訪れた病いの折の祈禱集』（一六二四年）を挙げておきたい。（厖大な『説教集』をここに加えることもできよう。）制作年代が明らかであり（それぞれおよそ十年を隔てて書かれている）、その点は年代を決定するのに議論の多い『唄とソネット』や『聖なるソネット集』とは対照的である。『霊魂転生』は詩の冒頭に「第一歌」と銘打ちながら「第二歌」以降は存在しないのだが、ダンがこの作品について構想を練っていた時、現在残されている本文の数倍の叙事詩（または擬叙事詩、反叙事詩）の執筆が意図されていたと推測される。序の「書簡」の前におかれた「永遠に対して捧げる」（Infinitati sacrum）という奇妙なラテン語の「永遠」は、遊歴する永遠の魂を意味するのだろうが、それを「永遠の歌」と読むことも不可能ではないだろう。

『一周年追悼詩――世界の解剖』および『二周年追悼詩――魂の遊歴について』は一人の少女の死を悼む中篇詩だが、それ以後も年毎に同種の追悼詩が刊行されることを予測しうるのである。ダン自身がそのような決意を披瀝している。

祝福された乙女よ、……
この貢物、この一周年の年貢を納められよ。
その暗く短い灯火が燃えつきる時まで、
あなたの祝祭の日が、寡婦となった地上を訪れる限り、
年毎にあなたの第二の誕生、
つまりあなたの死を祝すことになろう。

（『一周年追悼詩』四四三、四四七—五一）

不滅の乙女よ、あなたは母となることを拒もうとしたが、
わが詩神にとっては父親役なのだ。
わが詩神の、母としての純潔な野心は
年毎にこうした子供を生むことなのだから。

（『二周年追悼詩』三三—三七）

これらの詩句を文字通りに解することができると考えるのである。（後述するように、この二篇を深く関連する一対の作品とする有力な説がある。）さらに『病いの折の祈禱集』も、散文ながら同じ系統の著述と考えることができる。ダンは一六三一年に五十九歳でこの世を去るが、五十代で少なくとも三度病床に伏し、一六二三年に発疹チフスあるいはおそらく回帰熱、一六二五年には肺炎を患い、ダンの死去の原因が胃癌だったことはほぼ確実であると伝えられている。(6)『祈禱集』は一六二三年、「不意に訪れた病い」の折の闘病記であり、自伝的とも称しうる宗教的、心理=病理的な記録である。病室において医師から読書を禁じられたけれども、執筆は許された模様である。(7) この書物は二十三の節に分かれ、それぞれの節が「瞑想」、「諫め」、「祈り」から成り立っているが、節の数は病床にあった実際の日数に符合するかもしれないとの仮説がある。(8)「無計画な制作」だとの指摘もある。(9)ダンは病床を離れることによって、この付加的、累積的な作品を完成しえたのである。

2

これらの諸作品のうち『祈禱集』を省いて詩に限って論ずるつもりだが、まず『魂の遊歴――霊魂転生』を取り上げることにしよう。ダンは序に掲げた散文の書簡のなかで、

「魂が宿った肉体によって魂の諸能力がいかに鈍くなろうとも、記憶力はおのれの機能を保持し、私は魂が語るままに、その遊歴の経過をまじめに読者に伝えるつもりである。それは霊魂がはじめて創られ、エバが食べたリンゴに宿った時代から、本詩篇の終りに登場する人物に転生するに到る現代までの物語である」と書いている。詩の本文の方では、「本詩篇の終りに登場する人物」について詳しく告げている。

……たとえ海峡を渡り、陸《くが》を越えようと、
楽園を出発した私は故国に向って周航する。
かの地に始まった道行きはこの地で終るだろう。
かの地であげた帆はこの地で降ろし、ティグリスと
ユーフラテスで引きあげた錨はテムズに沈められよう。

この偉大な魂はいま私たちのあいだに留まり、
月が海を支配するごとくに、手、口、表情によって
私たちをいたく震撼させる。その物語を
しばらくの忍耐をもって聞いてほしい。

（それこそわが歌の冠、歌の極みなのだ。）
この魂にとって、ルターとマホメットが
肉体の牢獄になった。それはしばしば
神聖ローマ帝国とローマ教会を分裂させ、修復し、
また大異変が起きた場面にいつも立会っていた。……

（六・六―一〇、七・一―九）

この謎めいた作品は、霊魂が転生して植物や動物から人間たち、異教異端の徒また改革者を経て、「歌の冠、歌の極み」においてエリザベス女王（あるいは女王の強力な黒幕だったロバート・セシル卿）の肉体に宿るはずだと告げる。しかし現存の第一歌は、霊魂がカインの妹にして妻なるテメクに移ったところで終る。エドマンド・ゴスが呆れ顔で記すように、「ここで漸く霊魂が人間の肉体にたどりつくが、まだエデンの園の見えない場所に達してはいない。この調子で進行すると、無事にエリザベス女王のところに降るのに何百万行の詩句が必要だろうか[10]」。

ダンは巻頭まもなく青年らしい文学的な気概に駆りたてられて、この詩篇の完成を成就することを「運命」に祈願する。

いま私はどうにか三十の齢を迎えようとしている。
なんじはさらに幾年かの生命を課すかもしれぬ。
だがわが生活が、高く登ろうとする野心、
活力を削ぐ貧窮、精気を消滅させる疾患、
つらい投獄、ひたすら人を精励させる職務などの妨害、
美女の罠、志を逸らす一切のことに煩わされず、
また他の刺戟に誘われぬよう願う。
脳髄と精気の浪費から私を免れしめよ。わが墓をして、
当然迎えるべき、摩耗されることなき
完き人間を受容させよ。

（五・一一〇）

国璽尚書トマス・エジャートン卿のもとで食客・秘書として勤め、やがて三十歳になろうとするダンが、「活力を削ぐ貧窮」、「精気を消滅させる疾患」、「つらい投獄」等を、「脳髄と精気の浪費」を生じさせるものとしてあげていることは意味深い。ダンは一六〇一年八

月に『霊魂転生』第一歌を制作してまもなく、その年遅く秘密結婚を敢えてして義父ジョージ・モア卿の憤激を招き、投獄、失職、貧窮を経験する。その後のダンが知人や親族の情けによって結婚生活を営んだロンドン郊外ミッチャムの家は「わが病院」となり、ダンと妻アンはつねに病いによって「精気を消滅させせられる」。ダンはおのれの破滅の行く末を予見しえたのだろうか。

だがダンはそうした不吉な予感を振り切って叙事詩の構想を、それに相応しい壮大な文体によって描くことができた。その冒頭である。

私は死ぬことのない霊魂の遊歴を歌う。
神に創造されながらその支配を受けることのない運命が
霊魂をさまざまな肉体に転生させた。この歌は
モーセの律法が人間を拘束する以前以後に及ぶ。
偉大なこの世界が、嬰児だった朝から
成年の真昼を経て、老いの夕暮れに到るまでを描くのだ。
黄金のカルデア人、白銀のペルシア人、
青銅のギリシア人、鉄のローマ人が見たものがここにある。

それはセツの煉瓦と石の標柱を凌ぎ、
聖書を除けば、何ものにも敗れることはないだろう。

（一・一一〇）

モーセの律法が支配する前と後、つまりユダヤ＝キリスト教的世界の全体、また古典的、異教的世界のすべてが、霊魂転生を通じてこの諷刺的叙事詩によって描かれると宣言する。だが「聖書を除けば、何ものにも敗れることはない」と称しながら、ダンはなぜ「セツの煉瓦と石の標柱」に言及するのだろうか。

一連十行、五百二十行からなる第一歌の全体を見渡すに先立って、「セツの煉瓦と石の標柱を凌ぐ」の一行を論じておきたい。その標柱は、ヨセフスによれば、セツの一族の占星術における功績を記念して建立されたという。明らかにダンはセツの名の背後に、コペルニクスからケプラーに到る天文学者たちの活動を見ている。当時宇宙の天動説から地動説への転換が進行し、地球（さらに人間）が中心的な位置から周辺に転位したという認識と、そのことから生ずる不安が、当時の西欧知識人のあいだに滲透しはじめていた。コペルニクスは『天体の回転について』のなかで書いている。

地球が動くということに矛盾するものは何もない。……地球がすべての回転の中心ではないことは、惑星の見かけの不規則な運行および地球からの距離の変化によって証明される。これらのことは地球の同心球によっては証明されないのである。しかも中心は一つではない。……結局、太陽が宇宙の中心を占めていることが承認されるであろう。これらのすべての事柄が私たちに教えるものは、いわゆる両眼を開いて事物を見さえすれば示される宇宙の秩序の法則であり、宇宙の調和である。(11)

「地球がすべての回転の中心ではない」。「しかも中心は一つではない」。そうした発見が与えた知的、情緒的衝撃はすこぶる大きかった。若手のダン研究家ドチャティーが主張するように

『天体の回転について』が及ぼした影響は、まず第一に神と世界に対する人間の特別な関係の確かさに対する脅威として感じられた。地球中心、人間中心の世界によれば、宇宙は人間の楽しみのために、あるいは神の祝福を受ける人間の能力の行使のために神によって創られたという観念が容易に形成されよう。基本的に、この世界は観念としての潜在的な楽園として考えられていた。その楽園で人間的動物性と人間的意識がおそらく充実と幸福を発見しうるのだが、

コペルニクスの学説が、宇宙にはあまたの世界つまり「中心」が存在するかもしれないという主張によって、この満足感を損ってしまった。[12]

『天体の回転について』の原稿が、コペルニクス自身回想するように、「九年どころか、すでにその四倍のあいだ」未刊のままにおかれ、コペルニクスの死の直前に漸く公にされたのは、むろん当時の宗教的権力による抑圧のためだが、同じ理由によって、刊行に際して本文の前に神学者アンドレアス・オシアンダーによる「この著述の仮説について——読者へ」と題する短い序文がつけ加えられた。オシアンダーは微妙な表現によって検閲の網をくぐり抜けようとする。

実際においてこれらの仮説が正しいとか本当らしくないとかいう必要はない。それらは観測にあう計算をあたえるという一つのことだけで充分である。……神によって啓示されるのではない限り、それが確かであることをだれも知ることも教えることもできないであろう。……だれもこれらの仮説に関しては天文学に確かなものを期待しないように願う。総じてそれは確かなものをあたえることができないからである。[13]

新たなる陳述と、その陳述に関する当否の判断を差し控える文章が並置されている。オシアンダーはコペルニクスの仮説の正当性を信じていた(「観測にあう計算をあたえるという一つのことだけで充分である」)が、事実の領域であえてそのことの判定をしない。ドチャティーが記すように、コペルニクスの論考が「試作品」また「詩的、比喩的な解説」[14]として迎えられることを期待するかのようである。そのことがコペルニクス革命の衝撃を緩和するために有効だったろうが、それはそれとして当時は科学と文学が連続し、少なくとも隣接していたことを示す結果になるのだ。それゆえダンは容易に同時代の天文学者の科学的な言説に対抗しえた。

セッに対するダンの挑戦は、コペルニクス的な世界に対する文学からの抵抗だった。『霊魂転生』第二連は、占星術師=天文学者セッに挑むダンの情緒的な反応である。それに続く詩句がその証となるだろう。

天空の眼よ、この偉大な魂はなんじを羨望しはしない。
人間がもつすべてのものはなんじの男性的活力から生れた。
なんじはまず東の空に輝きはじめ、
夜明けの香油、島々(東インド)の香料を吸い、

やがて手綱をゆるめておのれの軌道を走り、
テグス、ポー、セーヌ、テムズ、ドナウの川の美味を賞し、
夜に到れば金を産する西方の地（西インド）を訪れるが、
偉大な霊魂にまさって多くの国々を渡るわけではない。
霊魂は、一日なんじに先立ってこの世に生を享け、
なんじの弱い光が消滅するのに対し、末長く生きてゆくのだ。

「天空の眼」は太陽を表象する伝統的な詩語だが、それのみならずこの一連の詞藻ははなはだしく古風である。だが「天空の眼」（"eye of heaven"）を「天空の中心」と読むことによって、新宇宙論に対するダンのアイロニーが突如生彩を放つのだ。ダンは人間中心の世界の崩壊を鋭敏に感じとり、天地創造の三日目に「種を生ずる草」が萌えいで（草にも霊魂が宿る）、四日目に「大いなる光」が創られたという聖書の記事に基いて、「霊魂は一日なんじ(太陽)に先立ってこの世に生を享け……」と記し、太陽に対抗する。『唄とソネット』中の「一周年記念」ではダンは

すべての王侯たち、すべての寵臣たち、

名誉と美と才知に輝く人たち、
また過ぎゆく時を刻む太陽さえも、
君とぼくがはじめて出逢ったその日から
すでに一年歳をとってしまった。
他のものはすべて破滅に向って進むが、
ぼくたちの愛だけは衰えることを知らない。

と歌い、太陽を含む「一切のもの」とただ愛によって対峙しようとする。「聖ルーシー祭に寄せる夜の歌」のなかでも、恋人である「ぼくの太陽」に対して、太陽を「この世の小さな太陽」と称して蔑視する。「日の出」では太陽に対する揶揄自体が愛の昂揚と不可分であり、その主題が全篇を支配する。語り手は「おせっかいな老いぼれ、手に負えぬ太陽」と罵り、「恋人たちの季節はおまえの運行に従わなくてはならないのか」と問いただし、

おまえの仕事は世界を暖めることだから
ぼくたちを暖めていればそれでよい。
ぼくたちに光を注げば、全世界を照らすことになる。

このベッドがおまえの世界の中心、この部屋の壁が軌道なのだ。

と結ぶ。太陽に対する挑戦はダンにおいては不変項である。だが新時代を迎えたというのに、なぜダンの態度は変わらなかったのか。ダンは一五九〇年代前半に書かれた『エレジー』十八において、

地上の彼方に天球の運行が見えるが、
ぼくたちが耕し、愛するのはこの大地だ。
それと同じくあの女性の風情、言葉、心情、美徳に
惚れるとしても、一番好きなのは中心部分。

(「恋の遊歴」三三―三六)

真に放恣な詩句だが、知的な議論のなかに性的な言語遊戯を纏わせるのはルネサンスの若い知識人には通有なことである。若いダンは旧来の宇宙観に傾斜して、愛してやまぬ大地(天体としての地球また人間)をおのれの性的好奇心に託して「中心部分」と呼ぶ。『魂の遊歴』の文脈に戻れば、ダンの知識人としての関心は、天文学よりは、植物に発

し、動物を経て、神話や歴史に潤色されたさまざまな人物に到る描写に向けられる。こうしてダンは生物学的、生理学的体系の観察と分析に専心し、「存在の大いなる鎖」のパロディ(15)を演じようとする。そのことによってセッ＝コペルニクスを征覇しようと企むのだ。第一歌がテメクで終るのは前記した通りだが、ダンはその最終連で、テメクの夫カインをセッとは対照的、対立的な役割を担う存在として導きいれる。

この憂鬱な詩は、読む人がだれであれ、
読むほどにその人に何事かを訴えるだろうが、
いまはそのことを離れて、私とともに考えてほしい。
耕作、建築、統治、その他、
人間の生活を祝福するもろもろの業の多くが、
なぜ呪われたカインの一族によって創始され、
祝福されたセッがなぜ占星術により私たちを困惑させたかを。
ひたすらよいこと、悪いことは存在せず、
よしあしの判断の唯一の尺度は比較であり、
唯一の判定者は人間の意見なのだ。

ダンは都市の建設者、牧畜、音楽、金属細工の創始者とされるカインの一族の呪いを不当とし、占星術＝天文学の創始者セツの一族にあたえられた祝福に疑いの目を向ける。カインの一族を文化伝達者として高く評価し、セツを文化侵犯者として弾劾しようとする。

ここでふたたび『霊魂転生』を離れて、ダンを「困惑させた」占星術＝天文学がその後ダンに及ぼした影響の概略を記すことにしたい。『霊魂転生』から七、八年を経て書かれた書簡詩「ベッドフォード伯爵夫人に宛てて」（書簡詩十一）[16]に次の詩句が見られる。

新しい哲学（天文学）が太陽を静止させ、
活気に欠けた地球に太陽の周囲を回転せよと命ずるごとく、
精神は鈍磨し、支配権を失い、
肉体だけが活発に動き、おのれの威力を誇る。
死んだ卑小な地球が、活気ある高貴な月を
隠し、また統御するごとく、肉体が精神を統御する。

（三七―四二）

「肉体が精神を統御する」というテーマは早くからダンの心を捕え、一五九〇年代早々に書かれた『パラドックス集』の六は、「肉体の賜物は精神の賜物また運命の賜物にまさる」と題されている。しかしそこで繰りひろげられる議論は、まさにローズが述べるように、「皮肉な唯物論に関する演習ではなく、肉体的機能の敏感さについての率直な肯定と、魂の無力に対する歎きの混合したもの[17]」である。右の書簡詩では、新しい宇宙観が「魂の無力」のメタファーとして使われるが、新天文学の到来が魂の昏迷を生じさせたと読むこともできる。それがさらに社会的な視野を取り入れたものが、ダンの作品中最もよく知られた次の詩句である。

新しい哲学が一切のことに疑いを差しはさむ。
地球を取り巻く火の元素がかき消された。
太陽も地球もあたりを彷徨《さまよ》い、人間の知力は
それをどこに求めるべきか探れないでいる。
惑星のあいだに、また天空に多くの新しい世界を求めながら、
人びとは勝手放題に、この世界は
消尽したと公言し、世界が元の原子となって
ふたたび砕け散ったと考える。

一切のものが崩壊し、一切の統一、
一切の正当な因果関係、一切の人間関係が消失した。
王と家臣、父と子の関わりが忘れ去られ、
だれもがおのれが不死鳥になったと考え、
認めようとはせず、ただ自分は自分だと主張する。

だれもがおのれがその構成員であるはずの人類の一員だと

（『一周年追悼詩』二〇五―一八）

ダンは続けて「これがいまの世界の姿だ」と記すが、「新しい哲学」があたえた世界に対する衝撃は徹底的でしかも悲観的なものである。それは精神の鈍磨、肉体の跳梁ばかりか、人間関係の崩壊、社会的帰属意識の喪失に及ぶ。「だれもがおのれがその構成員であるはずの人類の一員だと認めようとはせず、ただ自分は自分だと主張する」という文章は、後にダンが『祈禱集』の「瞑想」十七に記した周知の文章を想起させる。

人間は、それ自体で完全な島なのではない。だれしも大陸の一片、本土の一部なのだ。もし一塊の土が波に押し流されたなら、岬が流し去られたごとく、知人やおのれの地所が流失したごとく、その分だけヨーロッパは縮小する。いかなる人の死も私を縮小する。私はその一員として人類全体に関与している。だから誰がために鐘は鳴る、と使者を立てて訊ねるようなことをしてはならぬ。おん身自身のために鳴っているのだから。

「いかなる人の死も私を縮小する」といいうるほどの、聖職者ダンの共同体意識に驚くのだが、世俗人として書いた『一周年追悼詩』に見られる社会的秩序の崩壊に対する歎声をあわせ考える時、新しい科学がこの時代にあたえた衝撃力を容易に想像しえよう。

だがいま引用した『祈禱集』では、ダンは地動説を受容しうる境地に達した。病気の回復期にあって、漸くベッドから起き上がることが許され、ダンはヒューマーを混えて「新しい哲学」をふたたび比喩として語り、おのれの病状と心理を書き綴る。

医師の助けがなければ私はベッドから起き上がることができない。いや医師が起きよと命じてくれなければ、起き上がることができるとはとても言えない。私は何もせず、自分のことは何も知らない。……私は起き上がる。立っているように思えるのだが、私は回転し、地球が回転するという新しい哲学の新しい論証それ自体となる。私は知人の方を向いて立っているように思えるが、私は回転し、立ちながら目が眩み、円運動をしながらよろよろしている。それなのに一体なぜ全地球がたとえ動いていないようにみえても、実は円運動をしていることを信じないのだろうか。人間は中心に欠け、悲惨を所有する。悲惨のなかにおのれの位置を占め、悲惨のなかにおのれの姿を発見する。

（「瞑想」二一）

「私は……自分のことは何も知らない」というモンテーニュ的な懐疑の言葉を記し、旧宇宙観の破綻に関連して「人間は中心に欠け、悲惨を所有する」という後期ルネサンス人の陰鬱な認識を吐露するのだ。だがやがて微笑しながら新宇宙観を是認し、「私は……新しい哲学の新しい論証それ自体となる」と言いえたことは真に豊かな才知と評すべきである。右の引用には清明な詩情が溢れている。

しかしダンは『祈禱集』の刊行後二年、一六二六年に、ある富裕な商人の葬儀の説教で地動説について挑戦的な語調で話す。

私たちは太陽が動くと思っていたが、それに代え地球という塊の安定性、不動性を否認して地球を回転させる新しい哲学の援助を求める必要はない。地球上に永遠なるものは何も存在しないという主張を証明するために、地球が動いていることを助けにする必要はない。その主張はおのずから成立し、やがてだれかが、人間が依存しうるもの、永遠なるものと看做しうる事柄を私に例示してくれるだろう。[18]

病めるダンがかえって悠然たる態度をとりえて、平常の聖なる職務に精励するダンに無用な反抗心が見られると評してもいい。しかしこの文章には、おのれの究極的な世界認識（「地球上に永遠なるものは何も存在しない」）を断じて撤回しないという気迫がこもっている。ここからダンの情緒的な保守主義を指摘するのは性急である。前に記したように、十七世紀前半は文学と科学が連続性を保ち、両者が同次元で競いえた時代であり、ダンは新科学を否認するというのではなく、おのれの世界観の自立、優位を半ば苛立ちながら主張したとみるべきである。

3

『霊魂転生』について論じはじめて、「セツの煉瓦と石の標柱」を凌駕しようとするダンの抱負のもつ意味を縷々考えてきた。「新しい哲学」はダンの生涯にわたる関心事であり、それがダンの危機意識を醸成した。ダンは「新しい哲学」をおのれの存在論と対抗させたが、『霊魂転生』はそこから出発する。ダンの存在論の最下層に、『エレジー』十八に記される「ぼくたちが耕し、愛するのはこの大地だ」という感覚的な世界理解がある。『霊魂転生』は、人間が大地からついに離れることができないという認識を根底にすえるのだ。ダンはセツに続いてノアを引き、今度はノアを凌駕する意欲を見せる。

聖なるヤヌス（ノア）よ、なんじは万人を救う方舟に
教会とすべての国家を乗せた。それは
水上に浮ぶ（不安定な）大学、全人類に
解放された避難所、鳥籠、動物飼育場だが、
運命はそこに逃れた鳥獣の母胎から
われとわれらの子孫が生れるように仕組んだ。
（この大地をみたす生き物はその鳥獣の子孫なのだ。）
だがヤヌスよ、なんじは大いなる使命を果したとはいえ、
この天来の魂が生命を吹きこんだほどには
多様な生き物をあの浮ぶ猟園に乗せはしなかった。

（三・一—一〇）

伝統的な象徴主義によれば方舟は教会を意味するが、ダンは方舟をさらに国家、大学（または社会）、避難所（または病院）、鳥籠、動物飼育場に見立て、最後に「浮ぶ猟園」と要約する。ショークロスは大学（college）を牢獄、避難所（hospital）を娼家とも読みかえる。こうした皮肉な解釈は痛烈で、それなりに興味を唆る。しかしこれから繰り拡げられるダンの霊魂転生図は、すでにショークロスの解釈でみるごとくシニカルに過ぎ、そのためにダンはこの「終りなき作品」を中断しなければならなかった。

ダンは自分が欲望漲る若い日に霊魂転生の詩を書いたことを忘れなかった。後年説教壇の上から、転生について語ることによって前に引用した一六二六年の説教を始める。

> 神が最初の結婚を創り給い、人間が最初の離婚を意図したのである。神は創造の折に肉体と魂を結婚させたが、人間が堕落して罪のための死によって肉体と魂を離婚させた。この離婚に際して、ある人たちが考えるような離婚直後《スーパーインダクション》の再婚を、神は許さず、是認せず、決してよしとし給わない。そうした考えは、例えば魂が肉体を離れて他の肉体の魂となり、魂が永遠に輪廻転生を繰り返すといった説で、一部の哲学者が無思慮にも編みだしたものである。あるいは死者の魂が悪霊となる、さらにはその霊が意のままにおのれの意志によって死者に生命を吹きこみ、肉体に生気をあたえるといった説がある。神はこうした「再婚」を許し給わない[19]……。

死後の魂と肉体について論ずるのに、結婚、離婚、離婚直後の再婚といったアナロジーを使うのは、文人聖職者としても異様だが、ダンは魂と肉体の双方を等しく重視するのである。そのことは『唄とソネット』に、ひたすら霊魂を重視する詩が乏しいことを想起させる。ダンの恋愛詩は、肉体と精神を両極とした往復運動の経過のうちに成立するのだ。『霊魂転生』において、四半世紀後みずから批判することになる転生の教理を作品化したのは、精神重視の拘束に反抗したためだが、この長篇詩は肉体の領域に長く留りすぎたといえよう。ダンが、植物、動物、人間の観察に基く詩を書いたのは、類似の先行作品があり、それを超克しようとしたのかもしれないし、[20]短いエピソードの羅列形式[21]を使って「終りなき作品」をわがものとなしうると考えたのかもしれない。

「霊魂転生」の次第を略記しておこう。エデンの園のリンゴに宿った（七・一〇以下）魂は、蛇がエバにその果実をあたえた時、湿った大地に降り、地中のマンドレイクに移る（十三・九以下）。「悖徳の野草」（「その根は懐妊能力をたかめ、葉はそれを弱める」）のマンドレイクは短命だったので、魂は雀の小さな青い卵のなかに忍びこむ（一八・六以下）。雀は「ウェヌスの鳥」で好色のあまり三年で生命絶える。魂は小川に行き、名の知れぬ魚に移る（二三・一以下）が、白鳥がこの魚を飲みこむ。魚は白鳥の腹のなかで消化され、魂は蒸散し、別の魚を宿とする（二五・五以下）。その魚は海に出てチドリの餌となり、チドリは遥か遠くまで飛びやがて衰弱して死ぬ。今度は魂は鯨に宿り（三一・一以下）、その時から「太陽が巨蟹宮《きよかいきゅう》と磨羯宮《まかつきゅう》を二十度焦がした」。しかし「最も巨大な存在は破滅に最も近く」、鯨はオナガザメとメカジキの攻撃を受けて死ぬ。「偉大な存在が弱小なものに滅ぼされることを知った」魂は次はハツカネズミに移り住む(三八・四以下)。ネズミは「自然の最大の傑作」とされる象の鼻から体内に入り、魂の寝室になっている脳髄に到り、「生命の絆」を噛み切り殺害するが、象が倒れるとともに、殺害者も死ぬ。ついで魂は狼をおのが住処《すみか》とする（四一・一以下）。この狼はアベルが飼う羊たちを襲うが、番犬役の雌犬を見て挑む（「狼は言葉より行為が先立つ恋に走る」）。狼はアベルが仕掛けた罠にはまり殺されて、魂は雌犬の子の体内に移動する。この雑種犬は、犬として狼を追いはらい、狼として羊を餌食にしたが、五年後アベルの元を去る。今度は逆に「狼として犬から、犬として狼から逃れ」、やがて二重スパイのごとく不確かな存在のまま死ぬ。次は好色な猿が住居だ（四六・一以下）。猿は天幕の子供たちと戯れるが、自分の肉体が人間と変らないと思いこみ、アダムの五女に恋こがれ、求愛する。その時彼女の兄弟が来て、猿に大きな石を投げつけ、打ち殺す。魂は新たな邸を見つける(四九・一〇以下)が、それがアダムとエバの娘、カインの妹テメクだった。

明解、強靭な文体によって多種多様な生物の形態と動きが描写され、そこに宮廷、社会、人間、また他者としての女性に対する諷刺が時に応じて挿入され、活力ある皮肉な（ダンみずから称する）「諷刺詩《ポエーマ・サテイリコーン》」が誕生した。この作品にはエロティックな言及が多い。ダンのエロティシズムは、例えばスペンサーの「至福の園」（『妖精の女王』二巻十二篇）の女主人アクレイジアの大胆ながら流麗甘美な描写とは異なり、断言的、冒涜的、また即物的である。「動物は罪を犯すことはない」のだから、ダンの描き方は限度を知らない。異種動物間の交尾を記した箇所が読者たちの憤りを買っただろう。しかも雀の多淫に託して書かれた「世界が若かった頃」（黄金時代）の性的な乱脈振り（二〇—二一）は過激である。ハリー・レヴィンはダンの『エレジー』から「複数恋愛」という言葉を引き、黄金時代における自由な恋愛というテーマはルネサンス期になって付け加えられたというが、(22)ここにはレヴィンの指摘を超えるものがある。

若いダンのこの奔放な力業に見られる特色を列記すれば、一般にいわれる奇矯な比喩の他に、タブーと不合理を恐れぬ知的好奇心の表出、生物体の細部についての克明な記述（ケアリーの評語を借りれば「外科手術のフィルムを見て受ける生々しく衝撃的な感触(23)」）、政治的なアレゴリー、諷刺に近いヒューマー等がある。『霊魂転生』の詩句のいくつかを断片的に並べてみよう。

この魂の動く宿となった雀は卵から餇いだし、
剥きだしの腕に硬い羽毛が生えはじめる。
嬰児の歯が痛みを伴いながら歯茎を貫いて現れるのと同じだ。
肉体はゼリー状で、骨は縫い糸のように細い。
……父鳥は幼い雀のために
人間の食物を盗んでくるが、一か月もたたないうちに
小雀は父鳥を母鳥のところから追いはらうだろう。

（一九・一一四、八一一〇）

世界が若かった頃、思慮ある自然はことを急ぎすぎ、
生き物はいまより早く成熟し、いまより長く生きた。
情欲に燃えるこの雄雀は、籔のなか、樹々のあいだ、
畠で、天幕で、かたわらの雌雀に言い寄る。
この前の相手はだれだったか、それはいつだったか、
……を訊ねはしない。
雌の方も雄の不節操を騒ぎ立てはしない……。

（二〇・一一七）

鯨が真鍮のような鰭で泳ぎ進むたびに、
火砲の音響があたりの大気を劈くように、
海を引き裂いてあまたの円を描く。……
飲みこまれた海豚《いるか》は鯨の腹中で不安なく泳ぎ、
その縁《ふち》に到達しない。鯨の腹は
内海さながらなのだ。

（三二・一―三、六―八）

鯨は魚を追わず、貪欲な役人のごとく
おのれの邸を罠にして待ち構え、
あらゆる種類の請願人を虜にする。……
王国にもう少し多くの平等が実現できないのだろうか。
一人の領主を強大ならしめるために
千人の無辜の民が死ななければならないのだろうか。

（三三・一―三、八―一〇）

アダムとエバがたがいの血液を混合させるや、

錬金術の万遍なく行きわたる炎のごとく
エバの温かな子宮がゆるやかに肉塊を形成した。
その一部は海綿状の肝臓となり、肝臓からは、
山間で滾々と湧き流れる泉のごとく、人体の各部に
生命を保つ湿り気が豊富に送られた。
一部は凝固してどろどろとした心臓となり、
その燃えさかる炉は全身に生気を分ちあたえた。

さらに別の部分は知覚の源泉、
繊細鋭敏にして深く覆われた脳髄となり、
そこから肉体を結合する神経繊維が放射され、
繊維の尖端では、この魂が四肢を
この四肢が魂を間近かに待ち、
ついには両者が結合した。

(五〇・三—五一・六)

これらは単に異様、奇怪な詩句であるとばかりいえず、ダンが見たさまざまな領域の観察、つまり母親の胎内における生命体の発生から、腐敗した官吏の収賄、権勢の実態に及ぶ人間的事象の、的確、精細な再現だと評しえよう。ダンと政治的権力との関係は複雑で、一言ではいいがたいが、少なくともここでダンは「もう少し多くの平等」を希求し、「一人の領主を強大ならしめるために」千人の民衆を犠牲にする不法を呪っている。父に反逆する子という主題（オイディプス・コンプレックスを示唆する記述）もあり、飽くことなき愛欲というローマ的頽廃の描写もあり、巨大な生物の超現実主義的な戯画化もある。ダンの奇才が縦横無尽に発揮されたといっていいのだ。

またエデンの園について語る一節で、ダンの詩に終始見られる「エバの罪」に基く議論を読むことができる。それは『周年追悼詩』にも継承される基本的な観念で（発展しながらも不変なものを残している）[24]、人間性の呪咀と定義する以外にどう仕様のないものである。結局ダンはそのことを神学的議論を経て受容する。その心理的経過を知るために、これもやや長いが次の三連を引用しよう。

男はたちまちかの地（エデン）で女に殺されたが、
その後男たちはこの地上で女たちに一人一人

殺害され続ける。母なるエバが水源に毒を入れ、
地上で川の流れをなす男らを娘たちが腐敗させる。
卑しい者は逃れられず、高貴な者も網を破ることができない。
エバが男たちを楽園から追放し、われらは放浪し、
追放された楽園に帰還することができない。
囚人が審判者になって判断すれば、エバが罪を犯し
われらが耐えるのは苛酷に思われる。われらの苦しみは
われらを苦悩にみちた愛に縛る罪ある者を愛することによる。

この堕落はあまりに速くわれらのうちに拡がったが、
なぜそうなったかを是非にも訊ねてみたい。
神は掟をつくりながら、それが守られぬことを
望み給うのか（詮索好きな反逆者はそう問いかける）。
また人間の意志は神の意志に逆うものなのか。
一人の罪ゆえに神が万人に報復し給うのは正当か。
だれが罪を犯したのか。蛇には禁制ではなかった。

エバは掟がつくられた時まだ生れてはいなかった。
アダムがリンゴを椀いで食べたとも書かれてはいない。
だが蛇もエバもアダムもわれらも苦しみに耐えている。

だが天なる霊よ、空しい事柄の
空しい詮議から私を引き離し給え。
悪しきことを思うのは、よき意図によるのであれ、
賭博ほどの利益もえられまい。
その推理は、遊び好きな子供たちが光る泡を、
ストローを使って薄いしゃぼん玉に仕上げ、
結局こわしたり、あたりにこぼしたりするのに似ている。
論議するのは異端者の遊戯で、レスラーと同じく
練習すれば上達する。言論の自由ではなく
沈黙、口ではなく手が異端を退ける。

（一〇・一一一二・一〇）

掟は破られるために設けられたのだろうか。人間の意志《ウィル》（欲望）は神の意志に逆うように神によって創られたのだろうか。ダンは原罪の観念に次々に疑問を投げかけるが、直ちに自分が「詮索好きな反逆者」になることを警戒し、議論ではなく沈黙によって反逆を抑制しようとする。「口ではなく手が（原罪否認の）異端を退ける」（"…hands, not tongues, end heresies."）。「手」は「労働」を意味するのか、「権力」を意味するのか。文脈からすれば、議論＝口、沈黙＝手と類推しえて、手は労働の象徴だが、この一句はいつまで議論をしているのか、力で征圧してしまえ、と読むことも可能である。

ダンは「エバの罪」によって人間が苦しむように創られたことを承認する。しかし『霊魂転生』に滲透している自由な愛に対する渇望をどう理解すべきだろうか。超越的な存在の支配の認識と、反倫理的な自然性に対する愛着。垂直的なモラルの文学と水平的な欲望の文学。両者がダンにおいて交差する。宗教的探求者が性的誘惑者となりうることは、例えば一五九〇年代中葉に、風俗を潰乱する恐れありとして初版詩集から排除された恋愛エレジー数篇と、宗教の模索を主題とする『諷刺詩』三がほぼ同時期に執筆されたことからも推察されよう。一方では「こんなふうに君を発見して（または君に衣裳を脱がせて）ぼくは何と幸せなんだ」（"How blees'd am I in this discovering thee !"）と軽快、放埓に歌う（「ベッドに入る恋人に」二〇）かと思えば、他方では「われらの恋人なる美しい宗教がわれらの献身に相応しいのではないか。……天の歓喜が情欲を鎮めるのに力を発揮するのではないか」と宗教を指向する態度をとるのだ（『諷刺詩』三・三五—九）。『唄とソネット』におけるペトラルカ主義的（または反ペトラルカ主義的）抒情詩群とオウィディウス由来の抒情詩群が醸成する審美的な対立も、このことと無縁ではないだろう。そうした緊張関係は、いま「口ではなく手（力）が異端を退ける」と記し、十年後になお「私は……自分のことは何も知らない」とモンテーニュを模した語り方をするところにも見られる。ダンは信念と懐疑のあいだを揺れるのである。

『霊魂転生』は第一歌で中断した。その理由は、「構造上の内在的欠陥をダンが感じとった」（ゴス）[25]というのが伝統的な見解だろう。しかしもし「構造上の内在的欠陥」を、エピソードの羅列形式、付加的、累積的方法を指すならば、すでに見たようにそうした伝統的批評を修正しなければならない。この詩の最終連は、呪われたカインと祝福されたセツを対照させ、両者の運命の成行きに異を立てながらついにはそのことを断念し、次の三行を記して終る。

ひたすらよいこと、悪いことは存在せず、
よしあしの判断の唯一の尺度は比較であり、

唯一の判定者は人間の意見なのだ。

ここに見られるシニカルな相対主義は、叙事詩のものでも抒情詩のものでもない。『霊魂転生』は、「終りなき作品」にも「目的なき作品」にもなりえない。パーフィットが後期ルネサンスの文学的情況を要約して語るように、この時期の文学形式のモデルはウェルギリウス（叙事詩）とペトラルカ（恋愛ソネット）から、マルティアリス（警句詩）、ユウェナリスとペルシウス（諷刺詩）、オウィディウス（恋愛エレジー）に転じた。[26] 警句詩、諷刺詩、恋愛エレジーを叙事詩に拡大することは困難なのだ。宗教や民族を根底におくことのない叙事詩は存立しえないだろう。『霊魂転生』が完成し、「終りなき作品」として果てしなく継続した場合を空想するのはケアリーである。

もしダンがこの詩を完成したならば、またもしスペンサーの『妖精の女王』ではなくて、この詩が偉大なエリザベス朝の叙事詩として容認されるようになったならば、英文学がいかなる様相を呈するかと思わず考えたくなる。スペンサーの夢幻的、保守的な作品の代りに、英文学は（十七世紀の詩の先陣を切り、来るべき詩人たちの師表となるような）、単に知性の上で革新的、論争的であるばかりか、直接性《イミディアシー》と現実の世界とを結合した作品をわが手に収めることになるのだ。[27]

『霊魂転生』を「直接性と現実の世界とを結合した作品」として評価することに何ら異論はない。ケアリー自身の言及を拡大していえば、硬い羽毛が生え始めた雀の剥きだしの腕、痛みを伴いながら歯茎を貫いて現れる嬰児の歯、ゼリー状の肉体、縫い糸のように細い骨、ゆるやかに肉塊を形造る子宮、海綿状の肝臓、凝固してどろどろした心臓、頭蓋骨に覆われた脳髄、神経繊維の尖端で結合する魂と四肢が、「肉体の客観的な存在性を強く印象づける」[28]。しかしダンがこの詩を完成したならば英文学がいかなる様相を呈するだろうかというケアリーの空想は、刺戟的だが空想にとどまる。

魂が植物と動物を経て人間に到達した時、

……神経繊維の尖端では、この魂が四肢を
この四肢が魂を間近かに待ち、
ついには両者が結合した。魂は
これまで宿とした肉体の諸特徴を保持し、

裏切り、略奪、虚偽、情欲、夥しい邪悪を
知ったまま、一人の女、カインの妹にして妻
テメクとなる。カインははじめて大地を耕した。

とダンは記し、最終連に繋ぐ。神経繊維の尖端における魂と四肢の結合の神秘が、ダンの人間学の基本を構成する。しかしここでは魂がさまざまな悪徳を内に蔵したままテメクとなったとしかダンは書かない。動植物界についての生気溢れていた強靭にして不屈な表現への意志が突如消失したように見える。一五九〇年早々の『逆説集』に記された「私が……おのれの肉体における四元素間の相容れぬ憎しみ、相対立する葛藤を感じとる時、私の肉体は力を増す。私が一般の意見と相違する時、その不協和によって私の逆説の数が増す」(「逆説九」)という知的な矜持を捨て、「よしあしの判断の……唯一の判定者は人々の意見なのだ」と態度を変える。しかも『唄とソネット』で、「君の髪の毛一本さえも/愛の小船の底荷としては重すぎる」(「空気と天使」一九―二〇)と歌った感覚的に精妙な美しさもここには見られない。ダンは普遍と自然のあいだを往復するのをやめて、概して一方の極の普遍を顧みることを忘れ、他方の極の自然性に強く執着する。「精神が鈍麻し、支配権を失い、肉体だけが……おのれの威力を誇る」という暗い人間認識にダンは捉えられる。

しかし人間性に対する失意は、ダンの片方の座標軸である。ダンもレナムのいう「充実した……内面性また新たな自我」を確立する道を探ることになる。やがてダンは読解することが困難な世界と人間から新たな物語をつくり、「失意の扉」が閉ざされる前に世界の一瞬の輝きを見るであろう。

註

（1）Frank Kermode, *The Genesis of Secrecy: On the Interpretation of Narrative* (Harvard University Press, 1979), p. 145.

（2）Peter Conrad, *The Everyman History of English Literature* (Dent, 1985), p. 231. ここに引用された詩句をはじめ、『一周年追悼詩』、『二周年追悼詩』の翻訳は、相沢敬久訳を参照させていただいた。

（3）Lillian Feder, "Pound and Ovid" in George Bornstein (ed.), *Ezra Pound among the Poets* (University of Chicago Press, 1985), p. 18. オウィディウスからの引用は、中村善也訳『変身物語』、岩波文庫下巻二一一頁。

（4）Richard A. Lanham, *The Motives of Eloquence : Literary Rhetoric in the Renaissance* (Yale University Press, 1976), p. 63.

(5) Richard J. DuRocher, *Milton and Ovid* (Cornell University Press, 1985), pp. 9, 12. なおステラ・リヴァードは、ダンの恋愛詩に主に影響をあたえたのは、紀元前一世紀の恋愛エレジー詩人のうち、オウィディウスではなく、オウィディウスの師プロペルティウスだと主張する。リヴァードは、「オウィディウスが描く恋する男は性と女性に対する態度が直接的である」が、プロペルティウスが提示する青年は「自己検証的、神経症的であり、才気煥発ながら奇矯、学識ありながらその学識は難解、冷淡であるとともに官能的であり、たえず自分と恋人の感情を定義し、また再定義する」と記すのである。吟味すべき問題を含むとはいえ（ダンは恋人の感情を定義しているだろうか）、みごとな立論である。しかし私たちが話題にしているのは『変身物語』の方である。Stella P. Revard, "Donne and Propertius: Love and Death in London and Rome" in Claude Summers and Ted-Larry Pebworth, *The Eagle and the Dove : Reassessing John Donne* (University of Missouri Press, 1986), pp. 69, 70-71.

(6) Anthony Raspa (ed.), *John Donne : Devotions upon Emergent Occasions* (Oxford, 1975, 1987), p. xv.

(7) R. C. Bald, *John Donne : A Life* (Oxford, 1970), p. 450.

(8) Neil Rhodes (ed.), *John Donne : Selected Prose* (Penguin Books, 1987), p. 13.

(9) Robert H. Ray, *A John Donne Companion* (Garland, 1990), p. 85.

(10) Edmund Gosse, *The Life and Letters of John Donne* (1899 ; Peter Smith, 1959), i. p. 138.

(11) 矢島祐利訳、岩波文庫版、四一―四二頁。

(12) Thomas Docherty, *John Donne, Undone* (Methuen, 1986), p. 18. なおこの前後の記述はドチャティーに負うところが多い。

(13) 『天体の回転について』岩波文庫版、九―一〇頁。

(14) Docherty, p. 20.

(15) A. C. Partridge, *John Donne : Language and Style* (Andre Deutsch, 1978), p. 46.

(16) ショークロスは一六〇九年秋の制作と推定する。John T. Shawcross, The *Complete Poetry of John Donne* (Doubleday, 1967), p. 414.

(17) Rhodes, p. 8.

(18) Evelyn M. Simpson & George R. Potter, *The Sermons of John Donne* (University of California Press, 1953-62), vii. p. 271.

(19) Simpson & Potter, vii. p. 257.

(20) Edmund Gosse, i. pp. 131-32.

(21) Bald, p. 124.

(22) Harry Levin, *The Myth of the Golden Age in the Renaissance* (Indiana University Press,

1969 ; Oxford, 1972), p. 24. ハリー・レヴィンはダンの『霊魂転生』に言及しているわけではない。なおレヴィンには若林節子訳（『ルネッサンスにおける黄金時代の神話』、ありえす書房、一九八八年）がある。

（23） John Carey, *John Donne : Life, Mind & Art* (Faber, 1981), p. 150.

（24） ニコルソンは「一六一一年にはダンの女性観は一変していた」と書くが、ダンは変らぬものを残していると取りあえず異議の申立てだけをしておきたい。*Cf.* Marjorie Hope Nicolson, *The Breaking of the Circle : Studies in the Effect of the "New Science" on Seventeenth-Century Poetry* (Columbia University Press, 1960), p. 103.

（25） Gosse, i. p. 138.

（26） George Parfitt, *John Donne : A Literary Life* (Macmillan, 1989), p. 18.

（27）、（28） Carey, pp. 157-58.

2

新しい哲学

1

ダンは恋愛詩人として至上の評価を受けているが、その恋愛詩は愛の情緒を直接吐露するのではなく、入組んだ知的、レトリック的な構造物として示している。そうした知的構造は、これまで研究者たちに指摘されてきたように、意図的に強調される論理性、そこから生ずるパラドックスとアイロニーまた諷刺として形成される。同時にダンはしばしば知識の源泉に溯って「知る」という行為自体の意味を問い直し、また「知る」ことの困難を訴えることによって、詩的創造を知的探究の経過として読者に印象づける。ダンにあっては知的渇望が知的懐疑を生む。自我とは、世界とは、神とは何か。ダンはたえずそれらの問いを発する。ダンは知識に関して過度に意識的なのだ。認識の行為に対するそうした偏執的な関心が、ダンを真に近代的な詩人に仕立てたと考えることができる。

そのいくつかの例を『唄とソネット』から挙げることにしよう。「ぼくたちは愛によって純化されて、／愛が何であるかを知らないのに／たがいの心を信じあい、／眼や唇や手が見えなくても気にしない」(「別れ——歎くなと諫める」)。あるいは、「ぼくたちは深くまた忠実に愛しあったのに、／たがいに何を愛し、なぜ愛したかを知らなかった」(「聖なる遺物」）。一人の女性を愛しながら、愛とは何か、なぜ愛するかを問いかけずにはいられない。愛の現実的な行為と愛の観念的な模索を同時に演ずる真に新たなる人物をダンは登場させたのである。

「否定的な愛」と題される詩は、二連十八行からなる小品ながら認識に関する思索として複雑な構成をもっている。ダンはまず二種類の愛を対照的に描き、詩人自身がそのいずれに対しても消極的な態度をとってきたと記す。二種類の愛、官能的な情欲であれプラトニックな愛であれ、その正体は見えていると語り手は考える。

ぼくは眼や頬や唇を餌食にする人たちのように
下界低く舞い降りたことはない。
純潔や心を称えて女性めがけて
空高く飛び立つことも稀だった。
愛の炎に油を注ぐものが何なのか、
感性や悟性で知りうるからだ。

意味するところは、精神的、あるいは官能的な恋に自分が無縁だったというのではないだろう。自分の愛は単に快楽を目指すものではないし、またそれを一切否定するものでもないと主張しているのである。そのいずれの愛もおのれの愛の現実を反映するものではないから、それらを否定することによってしか愛の形象化をなしえない。こう考えてきて、ダンは、スコラ派の神学者たちにとって至高の存在が単一かつ完全であるために、否定的な言辞（トマスのいう「否定の道」via negativa）によってしか定義しえなかったことに思い到る。トマス・アクィナスは「神についてその『何であるか』を知りえず、『何でないか』を知りうるのみである」（『神学大全』第一部第三問、山田晶訳）と書いた。

もし否定の言葉によってしか
表現できぬものが最も完全なものであるならば、
ぼくの愛こそ完全なのだ。
ぼくは、すべての人が好むものを否定する。
結局ぼくたちは自分について不可知だが、
謎を解く達人がそれを知りうるならば、
その無の本体を教えてくれないか。

「ぼくたちは自分について不可知だ」を受けて、「その無」は当然自我を意味するが、同時にそれは「否定の言葉によってしか表現できぬ」愛ともとれる。愛は自我の全存在の発露であるからそう解釈していい。

同じく『唄とソネット』に収められている「愛の代償」は、過剰な自意識によって知の反転運動を繰り返す。「ぼくの好きな人がぼくの苦しみを知っている。／そのことを世間の人たちが知っているとぼくに知らせないでくれ（"Let me not know that others know／That she knows my pain...."）」。これはダンの知的、情緒的な気取りを示し、「知る」という語をめぐる言語的な遊びを含んでいるが、認識に関する懐疑に囚われた知識人の心理をのぞかせる詩句だろう。少し脱線するようだが、そうした言語遊戯を模倣した詩人として、第二次大戦直後に作品を書きはじめたトム・ガンがいる。ガンの「肉体を知る」（"Carnal Knowledge"）は、ダンの「愛の代償」に基く習作である。

ぼくはベッドでも身構える。毎夜
欲望がいよいよ成りゆきまかせで大胆になるが、
勘のいい女性なら気づくだろう、
ぼくの心は肉体のように衣装を脱いでいないと。

君は知っているだろうか、知って気にかけるだろうか。
君は知るとぼくは知ると君は知るとぼくは知ると君は知る。

最終行（"You know I know you know I know you know."）は全六連からなるこの詩のリフレインであって遊戯性が濃いが、トム・ガンはダンの意識的な態度を捉えたといっていい。トム・ガンは後年（一九八〇年）次のように語っている。

二十一歳の頃の私にとってダンを読むことは詩作の恐るべき起爆剤になったし、詩集『戦う関係』の多くの作品がそのことを示していると考える。むろん悪影響もあったが、そのことを悔やんではいない。事実一切のことを学んだ。私がダンから教えられたことは、カーモードがイメージと語《ディスコース》りの関係と呼ぶ事柄について、つまり詩はもっぱらイメージからなると主張する（英米双方の）批評家とは逆に、語りを二十世紀の詩の固有なものとして受容することであった。(1)

ダンの詩をイメージではなく「語り」として把握し、それを現代詩に生かそうというのだ。「語り」は知的叙述を意味し、それは知的認識に基くと考えられる。ダンの特異なイメージがダンの韻文と散文に活力を付与していることは決して否定できないと思うが、トム・ガンがイメージと語りのうち語りを「詩の固有なもの」として選んだことは、詩を知的な認識、知的な意識作用として考えたことの表明である。

「否定的な愛」という作品は愛の神秘を描き、そのことによって自我に関する知的懐疑を表わしている。（同時にスコラ主義を揶揄する。）ダンは愛や自我の究極的な意味を把握しえず、そのことについてしばしば歎声を洩らすのである。『唄とソネット』は、十六世紀中葉から十七世紀中葉にかけてヨーロッパに蔓延した知的懐疑主義、ロザリー・L・コリーの言葉を借りれば、「事物の本質の思索に対する湧きたつ熱狂[2]」の影響を受けた作品を収めているといえよう。それゆえ『唄とソネット』は各種各様の知的探究の場となり、おのずからそれらの全体が「終りなき作品」として構成される。『唄とソネット』が執筆されはじめた時期に、ダンはモンテーニュをはじめとするストア主義の影濃い知的懐疑主義の書物に親しんだようだ。一六〇一年刊行の『魂の遊歴――霊魂転生』の結語、「ひたすらよいこと、悪いことは存在せず／よしあしの判断の唯一の尺度は比較であり、／唯一の判定者は人間の意見なのだ」（五二一・八―一〇）は、その安易な反応だといえる。

コリーがモンテーニュを論ずる文脈で説くように、すでにプラトン主義、アリストテレス主義、ストア主義、懐疑主義の哲学諸派がキリスト教的伝統に流入し、反正統的な観念が宗教、政治、宇宙観、経済等の領域に蔓延した。「モンテーニュの巨大なエセーの集成は、一個人の内面生活の記録であるばかりか、モンテーニュの生きた知的生活が凸面レンズ状の鏡に映った集約的な実像である。ありふれた定義で、モンテーニュの、またルネサンスの思索活動を特徴づけることはできない」(コリー)[3]。『諷刺詩』三でキリスト教のどの宗派を選ぶべきか迷っていたダン(「分別をもって疑え」七七)は、三十歳を過ぎた頃からシニシズムに傾斜し、錯雑した哲学的な思想の前で佇む他なかった。「ひたすらよいこと、悪いことは存在せず……」。

『霊魂転生』の執筆以降、ダンの懐疑主義は徐々にシニシズムを払拭する。ダンの愛好するパラドックスは懐疑主義と無関係ではない。不可知論と逆説のレトリックがダンの詩に跳梁する。『唄とソネット』の構造を論ずる場合、哲学的なパラドックスはそのかなめとなるだろう。ここでは宗教者であって知的懐疑家だった時期のダンを直截に示すものとして「遺言」という作品にも触れておきたい。この詩はキューピッドに自分の死後の遺贈品を託す戯詩だが、ダンは「ぼくの信仰をローマ・カトリック教徒に、……ぼくの懐疑をスコラ派の学者におくる」と揶揄を混じて語る。やや軽い表現をとるが、諷刺的であるだけに訴えは明解である。これらの恋愛詩を書いてから十数年を経、聖職者となっても若い日の思考がダンの念頭を離れなかったようだ。ダンは病篤いある日、病床にあって、「医師の助けがなければ私はベッドから起き上がることができない。……私は何もせず、自分のことについて何も知らない」と日誌に刻みこむ。また「愛の代償」の「知っていることを……知っていると……ぼくに知らせないでくれ」という意識についての苦しい遊びが説教のなかによみがえる。「人間の理性と禽獣の衝動の違いは、獣は何かを知りはするが、人間は自分が知っていることを知っているところにある」(一六二八年)[4]。そう説いて、ダンは普遍的、超越的な存在を顧みぬ者たちが、知るべきことを知らない(「神が不在なら、激情に駆りたてられて神の名を呼んで毒づくことができようか」)と論難する。このようにいくつかの詩や散文を読み較べてみる時、ケアリーの卓見、「初期のダンと後期のダン、詩人と説教者は別人だとの説がある。……だが二人の人物がいたのではない。詩と説教を読むにつれて、それらを類似の想像的な要求に統御された同一の精神による構築物として見ることができる[5]」という文章を思い起すのである。

哲学的懐疑主義の逆説とともに、それよりはさらに直接宗教的な世界と関連する逆説が存在する。普遍に関する知と無知のディレンマ、魂と理性の曖昧な関係、肉体のもつ不安定な位置、世俗的な生活の拒絶と受容等を数えることができるだろう。ダンに数年先んじて生れた二人の詩人が、ダンが『霊魂転生』を完成した時期に、知と無知をめぐる詩を書いている。コリーに倣ってあげておこう。

私の肉体は、外なる暴力と内なる熱病によって
滅ぼされるほど脆いことを私は知っている。
私の精神は天に由来する性質を備えながら
理知《ウイツト》と欲望《ウイル》によって腐れはてている。

私の魂はすべての事柄を知る力をもちながら
盲目で何事にも無知なことを私は知っている。
私は「自然」の小さな王の一人だが、
最も些細な最も卑しい事象の奴隷でもあるのだ。
（サー・ジョン・デイヴィス『汝自身を知れ《ノスケ・ティプスム》』）

人間の精神がその測り知れぬ働きにより
この全世界に見うる以上の広大な諸世界を知るに応じて、
知識自体も、人間の精神が認識しえぬほど
遠く彼方に拡がり続ける。
……だが人間の精神は神の無限を見出しうるまでは

このみごとな無限の世界に満足することはない。
（フルク・グレヴィル『人間の知識の考察』一・三―六、二・五―六）[6]

彼らは、「（魂は）すべての事柄を知る力をもつ」、「（精神は）全世界に見うる以上の広大な諸世界を知る」と認識に関しては楽天的だが、同時に自分たちは「最も些細な最も卑しい事象の奴隷でもあるのだ」、「無限の世界に満足することはない」と歎くのである。眼前に開けゆく新天地は、彼らの旧来の宗教的秩序と融和しないのだ。グレヴィルは「聖なる光」を乞い求め、叡知による見神の途を尋ねて（一五〇・七―八）、千行程の詩を締めくくる。知と無知に関する逆説は、デイヴィスとグレヴィルがこれらの詩句を記してからほぼ十年後、ダンの『一、二周年追悼詩』で、はるかに規模を拡大し、独自の方法を駆使して再登場する。この二篇の追悼詩も終局的には新しい知識を否認する性格のものだが、ダンの知的関心は旺盛であり、知識に関する記述は極めて具体的、（前に使ったピーター・コンラッドの言葉によれば）「付加的、累積的」でとどまるところを知らない。これらの作品は聖職叙任の四、五年前に執筆された。

人間の精神による知の拡大と知の限界の自覚という逆説と深く結びつくのが、魂と理性の関係である。『一、二周年追悼詩』刊行の一年また二年前にダンは、

理性が魂の左手、信仰が右手、
それら両者によって私たちは聖なるものに近づく。

（「ベッドフォード伯爵夫人宛書簡詩」一―二）

（神よ）あなたの代理人の理性は私を守護すべきなのに
囚われの身となり、脆弱、不実な態度をとっている。

（『聖なるソネット集』一四・七―八）

と書く。一方では理性が対等の重みで信仰と並べられ、他方では理性の「脆弱、不実」が語られる。前者の詩句には、「聖なるもの、それはあなただ。／あなたの姿を見る祝福を授けられた人たちの愛は／理性から生れ、私の愛は信仰から生れた」と、ベッドフォード夫人に対する遊戯的な追従の言葉が続く。夫人は、宮廷の高官に知己が多く、モンテーニュの『エセー』の翻訳者ジョン・フロリオの後援者であり、ベン・ジョンソンやサミュエル・ダニエルからも賛美の詩を寄せられている。熱烈なカルヴィニストとして知られ、ダンに対する応答詩も書いていて、ダンの『聖なるソネット集』は夫人との関係を考慮しなければその真の意味は探れないといわれる。それはともかくとしてダンは、おのれの理性の

「脆弱、不実」を慨歎しながらも、一応理性を宗教的秩序のなかに然るべく位置づけている。現に『一、二周年追悼詩』の合本を刊行した年に、「ヘンリー王子哀悼詩」のなかで（一五—一六）、

理性を限りなく拡張すれば
ほとんど信仰に接近し、両者の中心が一つになる。

と記す。ダンは散文でも繰返し（微妙に肯定し、微妙に否定して）理性について論ずるが、『聖なるソネット集』におけるごとく、情緒的に激越に理性の無力に言及することは少ない。

理性と生来備わった能力によって神を求める人たちは……コンパスの発明以前に航海した船人のようなものだ。……眼に見える現象を通じて神に到達しようとする人たちなのだ。……だが信仰厚い人の心はかならずしも直接神に向わず、時には理性に下降しようとも、そのために神を離れることはなく、完全とはいえぬにせよ、つねに神の方を目指している。コンパスは船が時には東に西に向きを変えようと、つねに北を向いている。

（『神学論集』一六一四年頃）

様々な人が海辺を散策し、太陽の光が彼らに降り注ぎ、人びとは光の恩恵によって、小石や、斑点のついた貝殻や、不思議な形をしたものを拾い、なかには真珠や薬効のある琥珀を見つける人がいる。同じように理性という万人共有の光が私たちを照らす《イルーミン》（導く）が、この光を取るに足らぬことの探求に使う人もいれば、それを善用して宗教の奥義を発見する人もいる。

（「リンカンズ・インにおける説教」一六二一年頃[7]）

ダンにおける知識の渇望、真の「知」に到達することの困難の自覚、それに伴う懐疑主義と知的パラドックスの概略を記したつもりだが、それらはダンの思考の根幹をなし、知と無知のあいだの往復運動がダンの文学のヴェクトルを構成すると考えていいのである。

2

『一、二周年追悼詩』は一人の少女の死を記念する挽歌だが、それぞれ『世界の解剖』および『魂の遊歴について』とも題される思想詩である。これらはダンの世界認識を反映する作品となりえて、近年「『妖精の女王』と『失楽園』のあいだに書かれた二つの最も偉大な詩[8]」と評される。『一周年追悼詩』（一六一一年）は「現世の蔑視」（contemptus mundi)、『二周年追悼詩』(一六一一年または一二年)は「哲学の慰め」(consolatio philosophiae)の伝統に則ったものであるとか、その根幹に宗教的瞑想の構造をもっと主張されて久しい。しかしダンの知識論という視点から見れば、いずれにも語り手の普遍指向と世俗指向が共存すると考えたいのである。

今世紀になって『周年追悼詩』の複雑さ、独自性、また初期と後期のダンを結ぶ中間項としての重要性が強調されるようになったが、この二篇の作品の構造を徹底して探ろうとしたのは『瞑想の詩』の著者ルーイス・L・マーツ(一九四七年、五四年、六二年)である。[9] マーツはダンの『諷刺詩』三、『唄とソネット』の「エクスタシー」や「聖ルーシー祭の夜の歌」、また「偉大なる」『一、二周年追悼詩』がカトリック的修練に基く瞑想法を取りいれ、さらに『ラ・コロナ』や『聖なるソネット集』の大半は、本質的に瞑想のジャンルに属すると主張する(第二版序文二三頁)。総じてイギリスにおいて十六世紀後半から十七世紀前半の瞑想に関する主要な論考は、一五四八年に法王に認可されたイグナティウス・ロヨラの『瞑想の修練』[10]から広範な影響を受け、「これらの論考がこの時期の民衆文化の一部分を形成していた」(同序文一六頁)とマーツは考える。瞑想の方法は一定ではなく、神に対する恐怖を強調する峻厳なイグナティウス方式や知的に抑制されたサール(Francois de Sales)方式があるといわれる(五六、一四五—四七頁)。いずれの場合も瞑想は、おのれの罪の想起やキリストの生涯の観想に捧げられる。瞑想者は記憶、理解、意志の「魂の三つの能力」を駆使し、「場所の設定《コンポジッション》」や「類似物の発見や比較による提示」といった方法により感覚的に思念し、これを宗教的観想に転じ、真の自己認識や絶対者に対する畏怖を経験するのである。こうした瞑想は形式的には、導入部《プレリュード》、主眼点《ポイント》、(神との)対話《コロキー》の三つの部分からなり、この経過をマーッは「神学的問題の演劇化」と称する(二六―二七頁)。

　こうしてマーッはイグナティウスの瞑想形式に対応し、『一周年追悼詩』を五部構成、『二周年追悼詩』を七部構成に分割し、それぞれを瞑想、頌徳、教訓の三項目に再分割する(二二一頁以下、二三六頁以下)。しかしマーッは、『一、二周年追悼詩』批評の歴史を回顧し、これまでは詩の全体が考慮されず、学者たちの関心が「新しい哲学(科学)」に対するダンの反応や明白に宗教的な箇所に集中していると指摘した上で、二篇の詩を比較して次のように論評する。

> それぞれの詩を綿密に読めば、二つの『追悼詩』が、構造においても、ペトラルカ主義的なイメジャリーの扱いにおいても意味深く相違しており、その結果作品の価値も異なってくる。『一周年追悼詩』は、念入りな構造をもちながら輝かしい断片的な詩句しか成功していないこ

とを認めなければならないが、『一周年追悼詩』は若干の瑕疵があるにせよ、全体としては十七世紀の偉大な宗教詩に数えることができる。[11]

さらにマーツは『一周年追悼詩』の、瞑想、頌徳、教訓の三項目のうち、瞑想以外の部分を排除すれば、「筋道は首尾一貫し、瞑想の連作は、完全な、むしろすぐれた詩となるだろう」[12]との断定を下す。マーツの論じ方は周到なものにみえるが、奇妙な論理を弄ぶのである。ある作品を一度瞑想の伝統の枠組みにはめこみ、次いでその伝統からの逸脱を批判するのだ。ここでコリーが二篇の『追悼詩』を「しばしば過度に図式化して読まれる詩」と呼んだことを思いだす。コリーは明白にマーツの「古典主義めいた読み」を「正確とはいえない」と批判する。[13]マーツの研究は確かに画期的なもので、それを評価するに吝かではないが、『一、二周年追悼詩』はもう少し文学的な作品ではなかったかと考えるのである。

マーツの先駆的業績を継承したルワルスキーの『ダンの追悼詩と賛美の詩』（一九七三年）がマーツからほぼ二十年を経て刊行された。ルワルスキーはイグナティウスの瞑想形式とは異質な、形成期のプロテスタント的な瞑想を重視し、さらにはコリーのジャンル論[14]を借りて、二つの『瞑想詩』を、聖書の詩学、賛美の詩、葬送説教、葬送エレジー、（学者たちの議論や不合理な態度を揶揄する）メニッポス的諷刺、認識論的な哲学詩を統合する「新たな統一体」と規定する。[15] しかしルワルスキーはその統一体の根幹をなす「象徴形式」として、「神の似姿《イマーゴー・デイー》」として創造された人間という観念をおく。ルワルスキーは、この観念が作品の全体に滲透していて、異常な修辞法も不当にはみえない（四、六頁）、そのために『一、二周年追悼詩』は文体上の節度《デコーラム》を顧慮することなく一個人の追悼・賛美によって人間的存在の意味を探り、天が土くれの人間に対してなしたことを認識することが可能になった（四〇、四四頁）と主張するのである。

ダンが伝統的な「賛美の詩」を宗教的に拡張し、エリザベス・ドルアリーという一人の少女に授けられた恩寵を（天与の恩寵ゆえに）誇張した、また異様ともみえるレトリックやイメジャリーによって歌い上げた、とする読みは興味深いが、これに対する批判の声も聞えてくる。ケアリーは記す。

> ルワルスキーの『周年追悼詩』研究は……エリザベス・ドルアリーが再生した魂であるゆえに恩寵によって神の似姿を取り戻したという見解を示す。これに対する明白な反対の理由は、再生したすべての魂が神の似姿を回復しているはずなのに、ダンはエリザベスを独自な存在として描いている点にある。[16]

ケアリーはダンの「文学的な態度《イマジナティヴ・ハビッツ》」に帰り、友人に対する弁明（「その女性に私は一度も会ったことがないので、そのままの事実を語らなければならなかったと人びとに考えられずにすむのです」）を挙げ、「ぼくは考えうる最上のことをしました」との訴えをダンの最終的な態度とする。それは想像力を極限まで駆使することだとケアリーは敷衍する。一六二五年（聖職者となって十年）、宮廷内の知人ロバート・カー卿宛書簡で、「私は主題に真実が欠けている時、最善を尽しました」と奇抜な言い方をしていることも参考にしうる。ダンは飽くまでおのれの想像力に忠実な詩人だったのだ。

おそらくカトリック的な瞑想とプロテスタント的な神学の双方が『周年追悼詩』に痕跡をとどめていることは否定できない。だが同時にそうした神学的修練によって私たちはこれらの作品の全体を説明することもできないだろう。懐疑的知識人の「語り」、また異様にして激越なイメージ群がそれに対抗して存在する。コリーは『周年追悼詩』に多層のジャンルの混在を見抜き、この作品を「奇妙にかつ一貫して分裂的だ」という[17]。『一、二周年追悼詩』が追悼詩になりえなかったところに作品が豊饒なものになる端緒があった。（肖像画から想像されるような）成熟期寸前の美少女（彼女はジュリエットと同年輩なのだ）の死と両親の悲歎の他にダンには詩を執筆するための情報はなかった。（むろんダンはエリザベスの父親が自分の有力な後援者となりうることに気づいていたし、事実彼から充分すぎるほどの報酬をえた。）動機は乏しかったとはいえ少女の死と世界の衰退が奇妙に結びつく作品が生れた。しかしダンはすでに『唄とソネット』のなかで、「君がこの世界から立去る時、世界全体が君の息とともに霧散する」（「熱病」七―八）と書いたし、暗夜に封じこめられた世界と自我の救済を求めて「彼女（死んだ恋人、妻、または聖ルーシー＝光の根元《フォーンス・ルーキス》）のもとに行かせてくれないか」（四三）と願う「聖ルーシー祭の夜の歌」もそこに収めている。ダンはエロス化された生命、女性的救済原理への期待とその喪失感を歌い続けたのだ。

　後期ルネサンスにおいて、「世界の老いと病いに対する歎声はレトリックではなく、聖書に典拠のある事実だった」（ニコルソン[18]）。なかんずくドルアリー家の墓所のあるホーステッド教会の牧師をつとめたことのある諷刺詩人で、ダンに『周年追悼詩』刊行を勧めたジョーゼフ・ホールは、「事実か奇説かは別として、世界は老いてゆく《ムンドス・セネースキット》と大胆に主張することで大学で知られていた」（トマス・フラー[19]）。確かに自然の衰微に対する不安が世を覆っていた。そして失職と貧窮に苦しみ、一六一一年には四人の娘と二人の息子を抱え、パーフォードの親戚やミッチャムの「小さなみじめな家」で暗澹たる生活を送っていた憂鬱症人間ダンを、世界の死が強迫観念となって襲ったとしても不思議ではない。「人間は神の仕事のすべてを破壊しようとやっきになっているようにみえる。神は無から人間を創造したのに、人間は元の無に帰ろうとつとめている」(『一周年追悼詩』一五五―五七)、自然もそれに呼応して衰退と老化に苦しんでいる。大自然の衰弱の徴候をダンは限りなく列挙することができた。『一周年追悼詩』にはそうした記述が溢れている。

世界は最初の時から衰弱していたので、
夕暮れが一日の始まりになった。
いまや春も夏も、五十歳を過ぎた女性から
産まれた子供のように生気がない。

(二〇一―四)

視覚はあらゆる感覚のうち最も高貴なものだが、
視覚を満足させるものは(均斉と光沢が喪われ)色彩しかない。
その色彩が衰微した。夏の衣は薄汚れ、
何回も染め直した衣服のようではないか。

(三五三―五六)

父も母も（ウラノスもガイアも）不毛のままだ。
雲は雨を孕むことがなく、月満ちても
香油のような驟雨を降らせることもない。
大気が親鳥のように大地という卵を抱いて
四季という雛を孵すこともなく、いかなるものも誕生させない。
春は万物の揺籃だったがいまや墓場となった。
不義の胎児らが大地の子宮をみたしている。

（三八〇—八六）

天候異変の典型的な描写でそれが世界の衰微の徴候となった。右の最初の引用には混乱がある。世界の衰退・腐敗が天地創造の直後に始まったのか、エリザベスの時ならぬ死によって生起したのか判然としないが、エリザベスの死が天使の堕落に匹敵する事象と考えられたのだろう。

一人の恋人の死によって世界が崩壊すると歌いえて、ダンはエロスの意味の重さを考えることができた。救済原理となりうる女性の賛美はペトラルカ主義的詩人たちが縦横に開拓した領域であり、ダンはペトラルカ主義を遊戯化しうるほど自在に駆使できた。救済と生命の原理としてのエロスは、世界の終末のヴィジョンとともに、いくら語っても語り尽くすことができず、ダンは文字通り「付加的、累積的」にして、「奇妙にかつ一貫して分裂的な」詩句を果てしなく並置しえた。エリザベス——それは「法律にも等しい力強い模範」(四八)、「あらゆる徳をことごとく結合する絆」(四九—五〇)、「世界に内在する接合剤、保存剤」(五七)、「すべての部分を再結合し、引き裂かれた部分を寄せ集めてただ一人一つのものに統合する磁力をもつ」(二二〇—二二)、「その美しい眼が西インドを黄金で飾り、その美しい胸が東インドを香料でみたした人」(二二九—三〇)、「美の極限としての均斉」(三〇六)、「内戦をことごとく終結させたその人」(三二二)……。

この詩篇は理解しがたい奇怪な前提から始まる。

……女王なる彼女が遊歴を終えて
宮殿に帰るごとく天に昇った時、
この世界は大地震に遭い、衰弱した。
(七—九)

論証不可能な命題を最初に提示してそれをウイットによって証明する手法、『パラドックス集』や『唄とソネット』のいくつかの詩に見られる超論理的な論証を、ダンは大規模に企んだのである。「女王」と呼んだその女性は太陽だったとダンは記す。彼女を喪ったいま世界は「最後の長い闇夜」(六九)に封じこめられている。だが「彼女が昼の光をおのれのうちに隠してしまったとはいえ、彼女についての記憶として黄昏がまだ空を覆っている。黄昏は死骸となった古い世界から解放されて新しい世界を創造し、新しい被造物を生みだす」(七三―七七)。新しい時代にダンは期待するが、その新しさは何を創りえたか。数十行を経てダンは、「人間はこの肉体が帯びた新しい病い(梅毒)と争い、苛烈な拷問としての新しい医療に苦しむ」(一五九―六〇)と歎く。新しい時代の到来について希望にみちた展望を示すことができないのだ。「新しい哲学が一切のことに疑いを差しはさむ」で始まる有名な断章を、私たちはこうした文脈で読むことになる。

次の詩句では占星術師セツ=天文学者コペルニクスがもたらした「新しい哲学(科学的認識)」に対抗して、ダンは円の図形によるイメージ思考を通じておのれの存在論を主張する構えである。それはダンの内部における新旧の知識論の競合となり、競合から生ずる両者間の往復が詩作自体となる。

私たちは天には、すべてを包括する天球層の均斉、つまり円形の均斉が存在すると考える。
だが多様で煩わしい天体軌道が
さまざまな時代に相次いで観測されて、
人びとは観測者の数だけの偏心軌道を発見し、
あの純粋な天球層の均斉を破るような
あまたの垂直線や水平線を引いて天体地図をつくる。

（二五一―五七）

プトレマイオスの移動する偏心軌道やケプラーの楕円軌道によって、宇宙の「完全性の円」が歪んでいることをダンは承認する。だが発見された新星や天文学者たちの視野から消えた星について、「新しい塔が建ち、古い塔が取り壊されて、天に地震が起こり、混沌が生じた時のようだ」（二六一―六二）と描く。アナロジー思考と科学的観察によって伝えられた知識がダンの内部で争いあう。聖書に由来する中世主義的な宇宙感覚と近代的な事実認識がここでせめぎあう。

太陽の軌道は円にはならない。太陽は完全円を描けず、

一インチでも逸れずに同じ道を歩むことができないし、
今日昇った地点にふたたび巡りくることもない。
人の目を欺く線を描き、昨日の地点の
そばをひそかに通る。蛇の動きだ。
……星の運行も同じで、つねに誇らしげに完全円を描いて
運行しているようにみえるが、同じ場所に帰る星はない。

（二六八―七二、二七五―七六）

最終行の後半（"... none ends where he begun."）は、『唄とソネット』中の「別れ――欺くなと諫める」に見られる詩句を想起させる。その恋愛詩の語り手は恋人に告げる。いま旅立つ「ぼく」にとって二人の魂は一体のままのはずだが、それでも二つの魂は二つの魂にすぎないというなら、コンパスの作用を思いだしてくれないか。

君の魂は固定した脚、動く素振りも見せないが、
他の脚が動く時はいっしょに動く。……
君の確かさがぼくの軌道を円形にし、

ぼくをふたたび同じ場所に帰らせる。

（二七―二八、三五―三六）

明らかにこの最終の二行（"Thy firmness ... makes me end / Where I begun."）は、一六一一年のダンの思考と対照的である。しかしドチャティーは、「他の脚が動く時はいっしょに動く」という箇所を取り上げて、固定していると見られる軸足は固定してはいないだろうし、他の脚が動けば、（宇宙の中心的位置から脱落した地球のように）「ただちに動く」と注釈し、この詩を「異性間の関係における男性支配の賛歌」として読むことはできないと判定する。[20] ドチャティーはコンパスの脚のイメージから性的行為や男性的同性愛を連想するが、これらの読みに関する「自由な遊戯《フリー・プレイ》」は深読みだろう。[21] しかし不変なる愛についてのダンの不安を読みとるドチャティーの解釈は、理に走りすぎるようにみえるが、一概に否定できないように思われる。

ダンはありとあらゆるもの（天球の回転から男女の愛にいたる）が「完全性の円」を結ぶことを期待しながら、たえずその成就を危惧する。円に代ってダンが見るものは「蛇の動き」である。円の破綻を楽園の蛇が生じさせたこと（八一―八四）について、ダンはすでに書いている。またアメリカやアフリカで発見された厭うべき「新種の蛇」（三八九）

に触れ、さらに錬金術における金と水銀（水銀の蛇《セルペンス・メルクリアリス》）の合金のイメージを使用する。

　金が水銀の蛇に刺されて青白くなるように、
　この世界はどこもかしこも病人の顔つきだ。

（三四三―四四）

天体の軌道が円を結ぶことがないように、地球の形状も円（球）を構成しないとダンは考える。

　地球は円形の均斉を保っているだろうか。
　テネリフ火山、いやさらに高い山岳が、
　岩石のように聳え立ち、空に浮ぶ月が
　そこで難破、沈没してしまうという心配はないか。
　海も実に深く、鯨が今日銛で打たれると、
　たぶん明日、彼らが望む旅の終りの海底に到らず、
　その半ばに達しないうちに死ぬだろう。

……もし大地の下に地獄の地下堂があるならば、
その時には空間の充実と球形が存在しないことになる。
……これらの山や海は、地球の顔面の
いぼまたはあばたなのだろうか。そう考えていいのだ。

（二八五―九一、二九五、二九九―三〇一）

ダンは天空に、海中に、また地下に狂気じみた幻想風景を見る。天空で月が難船し、水中では死んだ鯨が海底に向かって沈下し、地下には広大な地獄が拡がる。「新種の蛇」に対する関心が世界の衰微の認識とともに、十余年を経てなおダンを離れない。一六二五年と推定される時期の説教の一節である。

世界の全体的な枠組もそのどの部分も著しく衰微し、老いている。季節は異常で、病んでいる。人間は背丈が低くなり、短命になった。年々歳々新種の蛇、虫、病気だけが増加し、そのことがこれらの発生の源の腐敗がますます拡大していることを立証する。[22]

『周年追悼詩』で見られる異様な描写が、簡単ながらそのままに説教壇から説かれたことに驚くのである。聖俗いずれにあっても、ダンは時代に蔓延する知的厭世観を捨てることができなかったといえようか。しかしダンが説教のなかで「完全性の円」への期待を回復していることを直ちに指摘しておかなければならぬ。『説教集』のなかから、円のイメージを使っている興味ある箇所を年代順に引いておこう。

彼ら(殉教者)の死は、彼らにとって次の世(また神の栄光)への生誕である。殉教者は一つの円を描き終え、次の円を創った。不死と永遠は円なのだ。ある点から順次たどる円ではなく、即座につくられる円である。この世はコンパスで時間をかけて描かれる円だが、かの世は鋳型でつくられる円であり、刻印されるとともに、無限で完全な円となる。この円を描くのは偉大にしてすぐれた神である。もう一方の円は私たちが描き、自然の経過のうちに揺籃と墓場を結合する。だれしもそれは同じである。(一六一九年)

この世俗の結婚には期間がある。どれほどの期間か。永遠である。「われ汝をめとりて永遠《とこしえ》にいたらん」(『ホセア書』二・一九)。世俗の結婚には、いやこの世の何事であれ、まさに永遠は存在しない。(永遠には始まりも終りもない。)だがこの世俗の結婚に、始まりも終りもない一種の永遠、一種の円を認めてもよいかもしれない。(一六二一年)

神の最も適切な絵文字《ヒエログリフ》のひとつは円であり、円は終りがない。神はおのれが愛する者たちを終りまで愛し給う。愛する者たちの終り、つまり彼らの死まで、さらには神の終りに到るまで愛し給う。神の終り《エンド》／目的は、彼らを愛し続けるところにある。神の雹の粒、神の稲妻、神の血の雨（神の審判の表象また手段）は一直線に下降し、だれかを襲い、打ちのめす。神が創り給うた太陽と月と星（神の祝福の表象また手段）は円をなして動き、すべての者たちにすぐれた影響を及ぼす。（一六二四年[23]）

ダンは円に執着する。殉教、結婚、神の祝福において、円のイメージの使い方に多少の相違がある。よく知られているようにダンは殉教者の一族であり、通常の生の円と殉教の円が質的に区別されている。殉教に格別の思い入れがあったと考えられる。またダンに「結婚の説教」がいくつかあるが、第二の引用で結婚を円として象徴化した時、妻のアンが世を去って四年を経ていた。ダンは結婚を聖化しようとつとめる。最後の文章では、円と下降する直線が祝福と審判の「表象また手段」として対照的に示される。円と直線の合成である。これらの例を見ると、ダンは無前提に円の図像を使用してはいない。『周年追悼詩』において、天球の軌道も地球の形態も不完全な円を結ぶにすぎないことを認めなければならなかった。

『周年追悼詩』で円のイメージが崩壊したことに応じて、ダンは一六二四年の説教で使うことになる下降する直線を別の場面に利用する。

人間は生れる時に破滅している。赤児が
頭を先に見せ、不吉な墜落によって生れなければ、
あわれ母親たちは、正しい祝福された
出産をしなかったと言って歎く。

（九五―九八）

……いまや人間は天を自分たちのものにした。
山に登る、また山に登るようにして天に登ることを厭い、
天を地上に引きおろすのだ。

（一八〇―八二）

ここに描かれた事柄は、一方は生理的、他方は天文学的な領域に属する知識だが、「破滅して」ruinous はラテン語の ruina（墜落）を語源とし、ダンはこの言語的類縁に興味を

おぼえ、下降する運動をさまざまな事物に観察することになる。

エロティックなダンは、いま引用した出産の記事の後に、「破滅（落下）」を擬人化して「破滅の仕業は何と巧妙なのだろう」と述べ、次のように続ける。墜落・下降はエロスに極まるというのである。

人類最初の結婚が私たちの葬式だった。
その時一人の女性が一撃の元に男を皆殺しにし、
いまでも女性たちはそれぞれ一人ずつ男を殺す。

（一〇五―七）

ダンは男女の愛についてこのように皮肉に考えることを好んだのだろう。エロスによる「破滅」はすでにエデン神話にはじまる。『霊魂転生』でも、「われらの苦しみは、われらを苦悩にみちた愛に縛る罪ある者を愛することにある」（一〇・九―一〇）と書いている。だがエロスは「破滅の仕業」であり、「われらを苦悩にみちた愛に縛る」とはいえ、同時にそれは少女エリザベスによって象徴される生命の根源であった。ちょうどギリシア神話で復讐の女神《エリーニュエス》が直ちに慈愛の女神《エウメニス》に転換するごとく、エロスから世界と自我の解体を防御する救済の原理が引きだされる。ダンは一気に「天に登る」ようにして上昇する直線の途を辿るのである。

エリザベスに対する賛美が誇張にすぎるところから、ダン研究者たちはエリザベスが象徴するものとして、母性、マリア、ペトラルカ主義的貴夫人、エリザベス女王、さらにはユングのいうアニマ、ユダヤ神秘主義が唱える神の臨在《シェキーナー》、正義の女神アストライア、キリスト等を提案する。だがそうした象徴物をいくら積みあげても果てしがない。独自に『周年追悼詩』の注釈版を刊行したマンリーは従来のダン研究の詳しい検討を経て、伝統的な「智恵」の観念を示す。「智恵」に関して、「それはつねに女性によって象徴され、また精神の能動的、意識的、男性的な知力と対立するものとして、心の下意識的、直観的、女性的な知力を表わす[24]」と記していることは示唆的である。「心の下意識的、直観的、女性的な知力」は、女性的な霊として現われる詩神《ウーラニア》の活動を思いださせる。ミルトン学者のノーム・フリンカーは、ミルトンの詩神のエロス的側面を吟味し、霊感における「エロス的なものが活力ある動因となって精神的な形態を完成する[25]」経過に注目している。ウーラニアがエロス的なものを言葉として形象化する契機になるというのだ。

世界と自我を崩壊から救うのは言葉である。『二周年追悼詩』の冒頭近くに次の詩句が見られる。

不滅な乙女よ、あなたは母という名を
受けることを拒んだが、私の詩神にとって
父になってほしい。純潔な私の詩神の慎しい野心は、
年毎に追悼詩のごとき子供を生むことなのだから。

（三三三―三三八）

少女に対して「父になってほしい」と訴えるのは奇妙だが、詩人自身が女性的（下意識的、直観的）な知力に化身し、エリザベスに男性的（能動的、意識的）な知力を発揮してほしいと切願するのだ。（ダンは『聖なるソネット集』一四でみずからを悪魔と結婚した女性に擬している。）まさしく「詩人が事実上エリザベス・ドルアリーに他ならぬ者と化する」（ドチャティー）[26]、つまりエリザベスがダンの内面性の言語化を促し、ダンの内面が言語そのものに転成する。ダンの詩的生成の経過を『周年追悼詩』が典型的に示しているといえよう。

註

（1） A. E. Dyson, *Three Contemporary Poets : Thom Gunn, Ted Hughes & R. S. Thomas*

(Macmillan, 1990), p. 15.

(2) R. L. Colie, "The Rhetoric of Transcendence," *Philological Quarterly*, vol. 43. no. 2 (April 1964), p. 145. この論文は部分的に修正されて、*Paradoxia Epidemica : The Renaissance Tradition of Paradox* (Princeton University Press, 1965) に収録されている (pp. 396-425)。

(3) Colie, p. 146. なおこの前後の記事はコリーに学ぶところが多い。

(4) Simpson & Potter, *The Sermons of John Donne* (University of California Press, 1953-62), viii. p. 225.

(5) John Carey, *John Donne : Life, Mind and Art* (Faber, 1981), pp. 10-11.

(6) Cited in Colie, pp. 154-55.

(7) Simpson & Potter, iii. p. 359.

(8) Edward W. Tayler, *Donne's Idea of a Woman : Structure and Meaning in the Anniversaries* (Cambridge, 1991), p. ix.

(9) マーツの関心は当初のサゼル、ダン、ハーバートに留まらず、アメリカ現代詩人（ディッキンソン、ウィリアム・カーロス・ウィリアムズ、レトキ、ウォレス・スティーヴンズ）にまで拡がるが、同時に「瞑想詩」の観念は「内観的自我の詩」に転換する。*Cf.* Louis L. Martz, *The Poetry of Meditation : A Study in English Religious Literature of the Seventeenth Century*

（Yale University Press, 1954, 1962）; *The Poetry of the Mind : Essays on Poetry, English and American*（Oxford, 1966, 1969）. 以下本文中に示す頁数は『瞑想の詩』のものである。なおマーツは、瞑想の方法がさまざまな詩人に直接影響を及ぼし、ヴォーンに対するハーバートの、ハーバートに対するダンの影響は、「たとえ甚大なものであっても、二次的にすぎないだろう」（pp. 2-3）という、問題を孕む発言をしている。

（10） Exercitio Spiritualis, or Spiritual Exercise. この瞑想のマニュアルは、通常「霊操」と邦訳されるが、意味が取りにくく、「瞑想の修練」または「精神（あるいは霊）の修練」としておく。

（11） Martz, *The Poetry of Meditation*, p. 221. 後年マーツは『一周年追悼詩』の評価を諷刺詩という観点から修正する。*Cf.* Martz, "Donne's Anniversaries Revisited", in M. W. Pepperdene (ed.), *That Subtile Wreath : Lectures Presented at the Quatercentenary Celebration of the Birth of John Donne*（Agnes Scott College, 1973）.

（12） Martz, p. 233.

（13） Rosalie L. Colie, "All in Peeces : Problems of Interpretation in Donne's Anniversary Poems" in Peter Amadeus Fiore（ed.）, *Just So Much Honor : Essays Commemorating the Four-Hundredth Anniversary of the Birth of John Donne*（Pennsylvania State University Press, 1972）, pp. 190-91.

(14) コリーは「混淆詩」("misti poemi") について、「この形態が世界に対する多様な『姿勢』から広範にして集合的なヴィジョンを形成した」と書き、「排除主義《エクスクルージョニズム》(ジャンル純化論)」と「包括主義《インクルージョニズム》(ジャンル混淆論)」の二種類のカテゴリーを設定する。包括主義は、存在するすべての素材、文体、態度を吸収しようとする衝動の表出であろう。*Cf.* Rosalie L. Colie, *The Resourses of Kind : Genre-Theory in the Renaissance* (University of California Press, 1973), p. 21.

(15) Barbara Kiefer Lewalski, *Donne's Anniversaries and the Poetry of Praise : the Creation of a Symbolic Mode* (Princeton University Press, 1973), pp. vii, 11. 以下本文中に示す頁数は本書のものである。

(16) Carey, p. 103.

(17) Colie, *The Resources of Kind*, pp. 197-98.

(18) Marjorie Hope Nicolson, *Breaking of the Circle : Studies in the Effect of the "New Science" on the Seventeenth-Century Poetry* (Columbia University Press, 1950, 1960), pp. 107-8.

(19) R. C. Bald, *Donne and the Drurys* (Cambridge, 1959), p. 88.

(20) Thomas Docherty, *John Donne, Undone* (Methuen, 1986), p. 73.

(21) *Cf.* Carey (rpt. 1990), p. 274.

(22) Simpson & Potter, vi. p. 323.

(23) Simpson & Potter, ii. p. 200 ; iii. p. 247 ; vi. p. 173.

(24) Frank Manley (ed.), *John Donne : The Anniversaries* (Johns Hopkins Press, 1963), p. 18.

(25) Noam Flinker, "Courting Urania : The Narrator of *Paradise Lost* Invokes His Muse" in Julia M. Walker (ed.), *Milton and the Idea of Woman* (University of Illinois Press, 1988), p. 95.

(26) Docherty, p. 229.

3

新しい哲学（続）

1

二十世紀におけるジョン・ダン顕揚は、（ロマン派詩人以来の関心が継続したものとはいえ）モダニズムの詩人たちの功績である。T・S・エリオットのダンに関する批評を超える鋭さと美しさをもった文章はこれからも出現しないだろう。それはアングロサクソン人の文学批評の頂点に数えてよく、詩人批評家、つまり詩人の直観の発露といったものを感じさせる。これまでに何十回となく引用されたかもしれないその一部分を最初にあげておきたい。

テニソンとブラウニングは詩人であり、しかも思索する詩人だったが、彼らは自分たちの思考を薔薇の香りのように身近かに感じとることはなかった。ダンにとって思考は経験だった。思考が彼の感受性を変えた。詩人の精神が充全な活動をする時、つねにさまざまな異質の経験を融合する。それに反して一般の人たちの経験は、混沌としていて、統一を欠き、断片的である。彼らは恋をし、スピノザを読むが、これら二つの経験は相互に関係がなく、またタイプライターの音や料理の臭いとも関係がない。詩人の精神にあっては、こうした経験がつねに新たな全体を形成する。このような相違を次の理論で説明することができよう。十六世紀の劇作家たちの後継者となる十七世紀の詩人たちは、いかなる種類の経験も呑みつくすことができる感性の仕組をそなえていた。

（「形而上詩人たち」）

これに続く文章中、「十七世紀に感性の分裂が生じ、現在にいたってもなおその病患は回復してはいない。この分裂は当然、十七世紀の二人の強力な詩人、ミルトンとドライデンの影響によっていっそう顕著になった」と書いている箇所も広く知られている。しかしエリオットのミルトンとドライデンに関する評価は後に変転を経ることになるが、ダンも改めて俎上に載せられて痛烈な批評を受ける。わずか六年後の一九二七年、かつて「いかなる種類の経験も呑みつくす」と称えられたダンの感性が「混沌としていて、統一を欠き、断片的な」一般の人たちの経験とほとんど変らぬものとして貶められる。ダンの詩は「支離滅裂な博識の寄せ集め」と看做されるのだ。

十六世紀末は、詩を思想の体系や考えぬかれた人生観と結びつけるのに格別困難な時代である。ダンの「思想」をざっと調べてみて、私はダンが何らかの思想を信じていたという結論には到達しがたいことを知った。この時代は世界には思想的体系のばらばらな断片がみちみちていて、ダンのような人間は思想の輝くような断片を、目に入るままにカササギのように啄み、それを詩のそこここに並べたにすぎないようにみえる。ラムゼイ女史はダンの出典の学問的、網羅的な研究によって、ダンが「中世主義的思想家」だったとの結論に達した。だが「中世主義」もいかなる思想も見あたらず、ダンには詩的効果のために利用した支離滅裂な博識の巨大な寄せ集めしかない。

（「シェイクスピアとセネカのストア主義[1]」）

エリオットの変貌を一個の批評作品にもりこんだような論文を、マリオ・プラーツがジョン・ダン死後三百年記念論集に寄稿する。『唄とソネット』を改めて評価し、『一、二周年追悼詩』に批判の刃を向けるといった論旨を繰りひろげるのだ。それはエリオットによる批評の周到な仕上げと称しうるものだが、第二次大戦までのジョン・ダン受容の趨勢を伝えている（前に記したごとく、マーツが『一、二周年追悼詩』をはじめて構造化して読み、この作品を高く評価する『瞑想の詩』を刊行したのは一九五四年だった）。プラーツはまずダンの抒情詩を同時代のイタリアとフランスの詩と比較し、その際立った特徴を列挙する。演劇的な性格、韻律に関する独自性、難解で散文的なイメジャリーをあげる（これはいまや批評上の常識となった）が、さらに「ダンは歌の衣を身にまとって正座してアポロや詩神たちが耳に囁くのを待ちはしない。抽象の雲間から下降して自分の恋人と議論する」と説く。かくしてプラーツは、

　こうした角度から見れば、ダンの唄はマリーノやダン自身の『周年追悼詩』の奇想《コンチエッティ》の詩とは著しい対照をなすのである。マリーノは自分の詩作の目的が、読者に驚異と意外性をあたえるところにあることを公然と承認する。ダンはマリーノのごとく意図的ではない。[2]

と議論を展開させる。マリオ・プラーツには、『唄とソネット』中の詩「熱病」が「感覚的な思考」の成果であるのに対して、『一、二周年追悼詩』は、十六世紀初頭のイタリア詩人サンナッザーロによるソネットの敷衍・装飾にすぎないという判断がある。だがヤコポ・サンナッザーロの詩――「若々しい天使が下界でわれらの前に気高く孤高の姿を見せた。やがて彼女は、この世を訪れた時と同じく輝きと生気を撒きちらしながら、天上界に飛び立った。……なんじ盲目の世界よ、存分に歎くがよい。なんじの栄光は薄れ、なんじの気力は衰え、なんじの至高なる姿は覆された」――を一瞥しただけで、それとはまったく対照的に（詩的規模は言うに及ばず）ダンの詩には果敢な実験と知的探求があり、また

世界理解への強烈な意志が漲っていることが読みとれよう。むしろ「難解で散文的なイメジャリー」とプラーツがダンの詩の特徴としてあげたものが、ここにも夥しく刻みこまれている。なぜ偉大な詩人エリオットと世紀の碩学プラーツがダンの中篇詩を評するに当って批判的な態度をとったかといえば、短詩の凝縮力と瞬間的な知的顕現をモダニズムの本領と考え、その原理を『唄とソネット』には適用しえたが、『周年追悼詩』には適用できなかったと考える他ないのである。

『一、二周年追悼詩』はむろん葬送挽歌だが、執筆するうちに、それがピーター・コンラッドのいう「付加的、累積的方法」、デニス・ケイのいう「集合的、累積的手順」③によって異様なまでに拡充・発展した。異様というのは、当然書きこまれる死者の賛美に加えて、死者の美徳にそむく世俗に対する批判、その論拠となる神学的、哲学的思索、最終的に到達する天界の消息の予見、それらがダンに骨絡みに愛好されたパラドックスの方法によって次々に記されるからである。そのことは単にテーマの多様性、豊饒性を示すというだけでは説明できず、ジャンルの重複を考慮すべきで、それぞれのジャンルに属するイメージがたがいに拮抗し、分裂症的④と言われかねない緊張状態を醸しだしているのだ。ジャンルの重複は古典主義的批評の立場からは許容しがたいだろう。ジャンル混淆は反アリストテレス的、反ホラティウス的であり、さらには反ペトラルカ的であるとさえ評される。ロザリー・コリーによれば、ペトラルカは、文学の諸形式は純化されたものに復元されるべきであると主張し、詞華集めいた作品、断片的な詩歌の合成の習慣を痛烈に批判した。「詩歌、つまり創られたものとしての文学作品という感覚を読者から剥奪すると感じたのだ」とコリーは記す。コリーはジャンル純化論を排除主義《エクスクルージョニズム》、ジャンル混淆論を包括主義《インクルージョニズム》と呼び、「混淆詩」(misti poemi) また「混淆ジャンル」(genera mixta) について、「この形式が世界に対するさまざまな態度から広範にして集合的なヴィジョンを形成した」と書いている。(5) ダンは、カトリック系であれ、プロテスタント系であれ、「瞑想の詩」の制作に安んじることができなかったろう。(ひたすら瞑想的だった『ラ・コロナ』は、他の詩人ならば佳作だろうが、ダンにあっては印象の薄い詩だった。) ダンは世界の認識に関する、対立・矛盾するような複数の態度をとり、普遍と世俗のあいだを往復し、「広範にして集合的なヴィジョン」を形成しようとしたと思われる。特定のジャンルに由来する規制から自由になることによって、普遍と世俗に引き裂かれた自我を露出させ、探求としての語り自体を目的とする詩を完成するに到ったのである。ダンは『周年追悼詩』によって空前のジャンルを創造することになる。後続の詩人たちがダンの作品を模倣するであろう。創作を意図した時のダンの眼には、この詩がどのような形態になるかは判然としなかったようにみえる。到達すべき目標ではなく、到達するための経過が、『一、二周年追悼詩』

として結晶する。目標に到達することがないならば、経過としての言語が詩それ自体となるであろう。

ダンは『周年追悼詩』のなかで、エロスを象徴するエリザベスから、世界と自我の解体を防ぐ救済の原理を引きだそうとする。エロスは「心の下意識的、直観的、女性的な知力」(マンリー、前掲)であり、ダンは追悼されるエリザベスに同化しようとつとめる。しかしそれは詩的探求のすえに到達する目標であり、そうした目標がダンの想像力のなかでつねに維持されるわけではない。『霊魂転生』を超越的理念から遙かに離れた近代的な「地獄篇」と考えるならば、『周年追悼詩』を普遍と現実が軋むように対抗し、辛うじて普遍的原理に方向を定めうるようになる「煉獄篇」と考えることができる。

ダンは『一周年追悼詩』では世界の破滅的情況を、さまざまなイメージと知識を駆使して提示する。一少女の死により世界は、その生命を支える「精気《スピリット》」、「内在する保存剤《バーム》」、「結合剤《セメント》」を失い、「元の原子に戻って、ふたたび砕け散った」。そのためにだれしも「最後の長い闇夜」のなかを彷徨すると歎くのである。詩の運動はひたすら下降の方向を辿る。それに対して『二周年追悼詩』は世俗とその知識に執着しながらも、「この腐敗した世界を忘れよ」とみずからに説ききかせ、「目を上げよ、そう、彼女の方だ」(六五)、「上を見よ、私の微睡《まどろ》む魂よ」(三三九)と促し、詩の動きは上昇に転ずる。だが二つの『周年追悼詩』は截然と区別されて、一方は暗い認識に、他方は解放の自覚に終始するわけではない。『一周年追悼詩』において、「神が人間に求愛し、天に向って人間が上昇するのを待ちきれずにご自身で人間の元に下り給うた」（一六七—一六八）といった記述を読むことができる。その反面『二周年追悼詩』でも狂暴とさえいえる粗々しいイメージによって、世界の本質的な病患、人間の肉体性が描写される。「新しい哲学」が世界の秩序と美を崩壊させたという固定観念がダンにあっては容易に消えない。

ウォーンケは、「バロック時代を規定する特色の一つは、知識人たちが物質的世界の探求に強烈な関心をもったところにあり、ルネサンスの精神は芸術の領域に視野を拡げ、結局十七世紀は今日の科学の基礎を築いた」と記し、さらにバロック的思想家、著述家を詳しく次の三種に分類している。

(一) ジョルダーノ・ブルーノのような人物がこのために生命を捨てなければならなかったにせよ、心理的に何の問題も生じなかった人たちで、ベイコン、ギルバート、ケプラー、ガリレオは宗教的な信仰と科学的な企みのあいだに一切確執を感じなかった。

(二) トマス・ブラウン卿たちは奇妙な分裂をとげ、未来と中世的な過去の双方を凝視していたようにみえる。

(三) 新しい科学的思考と実験の魅力に抗しえなかったとはいえ、見えないもの、精神的なものだけが実在性また価値をもつと信じていたために、そのことについて不安な気持を抱いた人たちがいる。ダンはこのグループの一人である。[6]

ダンは自然と人間を超越する存在にも、自然現象、人間的な事象にも等しく心を寄せた。つまり相対立する認識の双方から目を逸らすことができなかった。ダンより四十歳ほど若い長老派の神学者バクスターが自伝のなかに、「若い日の病弱と精神の不安は神から授かった恩恵だった。それによってわが身が卑しく厭わしいものになり、……世界は、生命も美も宿さぬ死骸に化したと思われた。かくして……わが幼少期の罪だった文学の名声に対する野心的な憧憬を断念しえた[7]」と書いている。ダンはバクスターに似た暗鬱な宗教感情を抱懐していたが、バクスターが「幼少期の罪」という文学的野心ばかりか、エリオットがいう「いかなる種類の経験も呑みつくすことができる感性」を保ち続けた。形成された作品が「支離滅裂な博識の寄せ集め」になろうとも、それは十七世紀の「知的動乱」をみずから生きたことのあかしに他ならない。若い日の詩に見られるシニカルで無定見な自由思想また懐疑主義も、全体として見た『唄とソネット』にまで読みとりうる「感情生活の混乱」も、ダンがそのことに支払った代価だったし、さらにまた男女の愛について、それが

「超越的な精神性の根源となりうるが、それが肉体を離れることを断乎として拒む」（プラッツ）と主張しうる反ペトラルカ主義的、反プラトン主義的な態度もそれと決して無縁とはいえないだろう。

2

『二周年追悼詩』は、「下界の太陽」と「天地万物の輝きであり活力だった太陽のなかの太陽（エリザベス・ドルアリー）」が沈んでいつの間にか「一年が過ぎた」(8)ことを考えると、「この世界は永遠に存在する」と言いたい気持に駆り立てられるとダンはいう。「この世界は永遠に存在する」は大仰な表現だが、アリストテレスの世界不滅説に対するトマス・アクィナスの反駁があり(9)、そうした哲学的、神学的な問題がダンの脳裡に存在したのだろう。しかしエリザベスの夭逝によって世界は病み、死んでしまい、腐りはて、少なくとも「世界は老いてゆく」はずなのに、世の成りゆきは一向に変っていない。だがダンには固定観念となった哲学的認識を変えることは不可能である。後年説教壇からも、「世界の全体的な枠組もそのどの部分も著しく衰微し、老いている」と語りかける。そこでダンは、世界はいま惰性で動いているという論理を考案する。それはフィクションかもしれない。

しかしダンは世界衰弱説を真実なものとして感じ、その奇矯な哲学的命題を論証しなければならなかった。かくしてダンは、帆船は帆を下ろしても勢いに駆られて走るのではないか、運動の力学には惰性というものが付随するではないかと訴える。それに続けて斬首された処刑者のイメージを描きこむのである。

首を斬られた人間は、
一つは胴体から、もう一つは首から
溢れ出る二つの真赤な海原に魂を浸しながら
永遠の休息所を目指して航海するとしても、
その目がきらりと光り、舌がぴくっと動くことがある。
まるで手招きして、魂を呼び戻すかのように
手を握りしめ、つま先き立ち、
手を伸ばし、前に進みでて、
魂を出迎えるようにみえるではないか。……
彼女が去って、死んだ世界はこのようにもがいている。

（九一一七、二二）

首を斬られた胴体のイメージはショッキングだが、それが特異なものだとはいえない。ダンテの読者なら、『地獄篇』第二十八歌で、プロヴァンスの宮廷詩人《トルバドウール》ベルトラム・ダル・ボルニオが、イングランド王ヘンリー二世とその長男を離間させた罰として、「胴には首がなく、……手は切断された首を頭髪でまるで提灯のようにぶらさげていた」（二八・一一九―一二二）ことを想起するだろう。あるいはフランスのカトリック信者ならば、聖者ドニの殉教伝説を連想するかもしれない。聖《サン》ドニは迫害のために斧で首を断たれると、その首を両手で拾いあげ、天使の導くままにモンマルトルの丘から今日のサン・ドニの辺りまで運んだと語り継がれている。だがダンの斬首のイメージは象徴化された地獄絵図とも聖者伝説とも異なる。比較して意味のあるのはクレイク父子編集のテクストの序文に引用されたトマス・ナッシュの『不幸な旅人』の一節かもしれない。この編者たちは、ダンの二篇の書簡詩「嵐」と「凪」に見られる誇張された表現と異様な比喩はナッシュの残酷描写に影響されたろうという[10]が、それを少し補って引いておきたい。

> 私が合戦のまっただなかにやってきたのは、幸運だったのか不運だったのかわからない。双方の陣営で血の雨が降る驚くべき光景を見た。一方では無様なスイス兵が汚物に塗れた牛のように血糊のなかでのたうち、他方では屈強なフランス兵が、川で釣ったばかりの鯉のように、血

に濡れた草の上に手足を投げだしてもがいていた。地面には大工の仕事場に散らばっている木端《こっぱ》のように、戦斧《せんぷ》があたりに捨てられていた。戦場は泥濘のように踏みつぶされた死体が並んでいた。あちらでは何人もの殺害された死体が、墓石ではなくて倒れた馬の下敷きになっていた。こちらでは死体の群が内臓をからみあわせていた。またローマ帝国の暴君が臆病者の死刑囚を死骸に向きあわせて縛りつけたように、半死半生の兵隊がすでに腐っている潰れた亡骸といりまじっていた。

ナッシュの文章は無気味なグロテスク趣味によって念入りに彩られ、滑稽の一歩手前に近づく。死体に関する怯むことを知らぬ細部描写は力に溢れていて、ダンの好奇心を誘ったと想像してもいい。他方ダンは実際にジェズイット派の僧侶の処刑を見ているようだ。ケアリーは、カトリック信者がおのれの危険を顧みず処刑場に出掛け、処刑された司祭の切りさいなまれた死体に祈りを捧げ、殉教者が自分たちの祈願を天に届けてくれるよう願ったという『偽殉教者』におけるダンの回想をあげ、ダンは母親が家庭教師として雇ったカトリックの修道僧に連れられて処刑の現場に出掛けたろうと推測する。「殉教者の冠が、幼い生徒の目の前で輝いていた」(11) とケアリーが書く。ダンの斬首のイメージは、詩的瞑想、死者の賛美、諷刺の王道の行く手に、突如洞穴が口を開いて別世界を現出させたようにみえ、恐怖と戦慄をかきたてる。

ダンは死者に対してと同じく未生の胎児に対してもたえず注意を傾ける。『霊魂転生』における生殖に関する「外科手術のフィルム」を見るような克明な報告（四九三―五〇九）や、『一周年追悼詩』の出産の記述（九五―九八、二〇三―四、三八六）を経て、『二周年追悼詩』では

私の魂よ、さらに深くお前自身について考えよ。
お前が始めて汚物溜で作られた様を考えよ。
それがお前の病患の証拠となると考えよ。……
お前がいかに貧弱で脆弱だったかを考えよ。
肉一切れで簡単に毒殺できる程なのだ。
この凝固したミルク、憐れな未生以前の肉塊、
そんな肉体であれば、逃れることも
助けられることもなく、原罪に感染しえよう。
お前はそれを拒否することも捨てることもできなかった。
偏屈で世をすねた隠者が

柱や墓に居を定め、寝藁を敷いて座臥し、
おのれの汚物を全身に浴びていても、
人間のはじめての独房ほどに汚れてはいないのだ。

（一五七―五九、一六三―七二）

とおのれの魂に呼びかける。『霊魂転生』では、男と女の血液が融合して子宮でゆるやかに肉塊が形造られ、海綿状の肝臓やどろどろした心臓が生じてそこから身体各部に湿り気や生気が送られ、脳髄からは神経繊維が放射されて、その尖端で魂と身体が結合するといった、肉体の器官に関する分析的な描写が見られるのに反し、ここでは肉体の脆弱、不浄な状態ばかりが強調される。ところが『唄とソネット』のなかの例えば「法悦」と題される詩で、ダンは魂と肉体の結節点を「脆い結び目」（六四）と呼び、両者の関係について、「愛の神秘は魂のなかで育つが、肉体が魂の書物となる」（七二―七三）と記す。肉体は魂に支配されているが、「弱い人間」（七〇）は肉体により愛の啓示を受けるというのである。そのために詩人のペルソナが「ぼくたちはなぜこんなに長く肉体を避けるのだろうか」（五〇）と歎きの声をあげる（あるいは歎くポーズをとる）。さらに後年の説教でダンは、「人間を構成するためには、魂ばかりか肉体も存在しなければならない。いや魂の不滅は、肉体の回復なくして充分に証拠だてることができないだろう。……魂がなすすべてのことは、肉体のなかで、肉体とともに、肉体によって作用する」（一六二三年）[12]と語り、説教壇上でも肉体軽視の考え方を退ける。

ダンは当然のことながら「人間を構成する」要素として肉体を不可欠なものと考えるが、それに対して『周年追悼詩』では肉体嫌悪といっていい態度をとり、その理由を肉体が容易に「原罪に感染する」という表現で要約している。一六〇九年執筆と推定される書簡詩十一の「ベッドフォード伯爵夫人に」で、「魂は鈍く、支配権を失い、／肉体だけが敏捷に活動し、おのれの威力を誇る」と書いた精神の焦慮に呼応する立場である。「魂ばかりか肉体も存在しなければならない」ことを承認しながら、他方ではダンは肉体の跳梁を疎ましいと感ずる。この二種類の態度は、前に記した普遍と自然、理念と現実のあいだを交代する運動の表出であり、しかもそれは一貫した運動なのである。その心理的交代は、ペトラルカ主義的詩人のつねに失意に終る求愛の経過より演劇的であり、演劇的葛藤や「高揚された熱烈な宗教的感性[13]」を特色とするバロック詩の作者に相応しいものといえよう。分裂した普遍と自然がみごとに統合された認識が説教に見られ、次の引用はそのもっとも適切な例と思われる。

私が母の胎内にいた時のことを考える。それは語るにも、考えるにも足りぬ肉塊だった。またいまのおのれの姿を考える。多量の病いの集積であり、体内に自然なる生来の湿り気を求めてもすでに乾ききった燃え殻であり、時折一瓶ほどの粘液を流す海綿にすぎない。老残の幼児、白髪の乳児、青春のただの亡霊なのだ。さらについには墓に埋められ、死に手を引かれる時のことを考える。まず腐蝕があり、やがて腐蝕し果てて、不快な息どころか、息を吐くこともなく、無気力、無味、無臭の塊と化する。一時は夥しい蛆虫が群がるが、間もなく蛆虫も寄りつかぬ、不浄、無感覚、無名なる土塊となるのだ。この世における、この肉体の過去、現在、未来の状態を考えると、それが遭遇する最悪のこと、他人や運命によって負わされる最悪の事態を、考えたり、語ったりしても意味をなさない。だが同時に、この肉体のために神が天において備え給う栄光は、その一部なりとも、語ったり考えたりすることができないほど輝かしいものである。(一六二七年[14])

『二周年追悼詩』に戻れば、「容易に原罪に感染する肉体」の対極に位置するものとしてエリザベスの肉体がある。エリザベスの身体には「西インドの財宝、東インドの香料、ヨーロッパとアフリカの最良なもの」(二二八—二二九)が輝きを放ち、「楽園」(七七)が花を咲かせ、あるいはエリザベス自体が「主権国家また教会」(三七四—七五)に等しいと記される。そういった誇張は、『唄とソネット』や他の追悼詩に何度か使われた恋人や死者に捧げられた美称に近い。だがそればかりかダンは、エリザベスの肉体について

……彼女の純粋にして雄弁な血液は
頬によって語り、しっかりした意志を示したので、
彼女の肉体が思考したと言っていいだろう。

（二四四―四六）

彼女は肉体を離れ、いま天上にあってはじめて
肉体がいかにみごとに変るかを知りえた。
彼女は肉体と魂ならぬ二つの魂からなっていたのだ。

（五〇一―三）

と描写する。「肉体が思考した」、また「肉体と魂ならぬ二つの魂」という詩句は不思議な神秘を宿す表現だが、それは前掲の二つの説教にあった「肉体の回復」や「肉体の……栄光」の文学的表象だったのではないだろうか。ふたたびダンテをあげれば、『天上篇』第

十四歌で神々しい光を放つサロモーネ（ソロモン）が、「栄光に輝く聖なる肉体」について説いているのを思いだす。天上界ではベアトリーチェをはじめとしてダンテが出逢う人たちは、「色彩ではなく輝きによって他と識別しうるほど燦然たる光を放ち」、光または炎として存在する。（ルチフェロは光を欠く天使だった。）

エリザベスの肉体には、そこで原罪が犯されるかもしれない「楽園」がおかれているが、彼女は「仲間によって悪に堕ちることがなかった」（三七六―七七）。それどころか「地上にあって天を知る術を完全に身につけ」（三一一―一二）、「彼女によってこの世は多少とも天上の様相を呈した」（四六八―六九）と記される。ダンは現世を天上の消息を伝える処（「天上の地図[15]」）と考えるのを好んだようだ。類似の表現に「天上の仕事をなす者は、地上にあっても天上にいる」（一五四）の一行があるが、ここには地上に生きる語り手自身の志が投影されているだろう。「天上の仕事をなす者」を直ちに聖職者と考えるのは早計である。ダンの詩には聖職者批判が宮廷批判とともに目立ち、『二周年追悼詩』でもダンは、おのれの魂に向って

お前には海綿のように弛んだ聖職者が、
偉大なる人たちの教説を丸呑みにして

それを神の言葉として吐きだすのがわからないのか。

（三二八―三〇）

と叱咤する。これは早くから勧められていたダン自身の聖職叙任を念頭においた批判の言かもしれないが、確かにすべての聖職者が「地上にあっても天上にいる」とは言いがたいだろう。ダンの究極の心は「誤ちを犯すかもしれないが、真実を究明することが、この世のどの仕事にもまさる」（五九―六〇）ということに尽きる。ダン自身も「天上の仕事をなす者は、地上にあっても天上にいる」という矜持を保持したかったのだ。

しかしダンは『周年追悼詩』執筆までの数年間、神学的散文の著述に励みながら、しきりに世俗の地位を求めた。ダンは、『霊魂転生』第五連の表現を使えば、「美女の罠」と「つらい投獄」によって社会的な挫折を経験して以来、漸く結婚生活が始まったのに、「高く登ろうとする野心」を燃やしながら「活力を削ぐ貧窮、精気を消滅させる病患」に喘いだ。ダンの伝記作者ボールドは、ダンの求職運動は比較的わずかな形跡しか残していないと言い、三つの事例をあげる。(16) それは一六〇七年、八年、九年と続く。まずアン王妃の宮廷に入ろうとしたことは長年の親友グッディア宛書簡に明らかだし、翌年、アイルランド総督秘書の地位を追って失敗し、「国王陛下が、あれから七年たつのに私の生涯最悪の事態、未熟の時の不始末を思いだされたとのことでした」とダンみずから書いている。「最悪の事態」とはむろん秘密結婚の顛末を指す。第三はヴァージニア会社評議会の秘書職だが、知友たちが評議員として名をつらねていながら、これも上首尾とはならなかった。一六一三年、一四年にもダンは職業を求めて画策し、一四年には（二度目のことだが）議員の地位を占める。それ以外にもダンはさまざまに動いたかもしれない。ダンが社会生活に戻ろうと努力したことが、「真実を究明することがこの世のどの仕事にもまさる」という決意と矛盾するようにみえるが、これをもってしてダンを分裂症的とは考えない。むしろダンが『二周年追悼詩』でおのれの生活を指弾する詩句を掲げ、この時期に見られる彼の複雑な心理を推測したいと考える。

私の魂よ、お前は霊的法悦から、
また未来についての瞑想から
この世についての思慮に戻ってはならぬ。やがて地上で
だれと付きあうべきかが明らかになろう。
一体お前はだれと付きあおうと言うのか。

（三二一―二五）

この世界は死体にすぎない。お前はその死体に
育てられた蛆虫、死体を食べて生きる蛆虫だ。
憐れ蛆虫、お前の仲間の蛆虫が
この死体の最後の再生に思いをめぐらすのに、
この世界がいつになったら前より改善されるかと
なぜ考えているのだ。

（五五―六〇）

世俗的に行動しながら、そのことをたえず疎ましいと考える。ダンは自分が聖職者となるべきこと、なってもいいことに気づいている。それは「海綿のような」聖職者ではなく、「地上にあって天上にいる」、地上を「天上の地図」となしうる聖職者だ。だがこの世界は死体であり、自分は「死体を食べて生きる蛆虫」にすぎない。この自分が「世界の最終的な再生」のために心を尽すことができるだろうか。ダンは躊躇し続ける。ダンが聖職叙任を受けいれるのは、二つの『周年追悼詩』が上梓されてわずか三年後のことである。

あとは知識に関する問題が残っている。『二周年追悼詩』は『魂の遊歴について』と題されるが、ダンテが「天上界の旅行記」(『天上界』第十歌)を歌うのに『神曲』のほぼ三分の一を費やしたのに対して、ダンは天上界における魂の遊歴をわずか二十行ほどで仕上げる。ダンテが地水火風の四大元素(火の元素が最上層である)、月、水星、金星、火星、木星、土星、恒星天、原動天、至高天の全体を天上界の舞台にしているのに対して、ダンの場合は惑星のあいだを魂が一気に駆けぬけ[17]、魂にとってそれらが「一本の糸に通された数珠」(二〇七―八)にしか見えない。ダンの天上は、惑星の遥か彼方に位置する。つまりダンは宗教的な天上と天文学的宇宙を分離して考えるのである。それは知識人が「高揚された熱烈な宗教的感性」とともに「物質的世界の探求に対する強烈な関心」を抱懐していたバロック時代に、ダンが生きたことのあかしである。ダンは死をアナロジーによってさまざまに定義する――「死によって天が近づいてくる」(八九)、「死が肉体という包みをほどいて、貴い魂を取りだす」(九四―九五)、「死は天上への案内役をつとめ、扉の錠をあける」(一五六)、「死によって肉体の殻が壊れ、魂がいま孵化した」(一八四)――が、ダンは宇宙に関する新知識を導入して、「魂の遊歴」を描写しようとする。魂が宇宙旅行をするのは奇妙だが[18]、ダンは魂の不死あるいは昇天と新宇宙観を並べて描くのである。

『二周年追悼詩』ではダンの新知識に対する渇望が、人間と世界に関するおのれの無知を表明することによって示される。それは果てしなく続き、「付加的、累積的」に積み重ねられる。ダンは知的好奇心を抑えきれないのだ。それらの詩句で、宗教的な思索、神秘的な歓喜の記述と微妙にバランスを保っていると言えよう。

哀れ魂よ、肉体の牢獄にいてお前は何を知っているのか。
お前はどうして死に、どうして生れたかも
知らぬほど我が身のことに疎いのだ。
お前は最初にどうして肉体のなかに入ってきたのかも、
どうして人間の罪の毒薬を飲んだのかも知らない。
お前は自分が不滅なのを知っているとはいえ、
どうして不滅な存在なのかは知らない。
……お前は石が胆嚢のなかに入っても
なぜその皮が破れないかを知っているか。

心臓に入った血液が一つの心房から
もう一つの心房に流れてゆく理由を知っているか。
……爪や髪の成分について諸説あるが、
どの見解をよしとするか、お前にはわかるだろうか。
……草がなぜ緑であるか、血液がなぜ赤いか、
それは何人も知りえぬ神秘なのだ。
哀れ魂よ、こんな無知のままで何をしようというのだ。

（二五四—六〇、二六九—七二、二七七—七八、二三八—九〇）

ダンは知識欲を燃やしながら、同時にその成果の空しさを書きこむ。青年のような探求と失意である。ダンの普遍指向は強烈だが、自然や世俗に対する関心も変ってはいない。それは人間の魂の本質や倫理性、さらには生理学、医学、自然学の知識に及ぶ。だがそれらの思考を一応打ち切って締めくくることになる。

感覚や想像によって知りうることについて
学者ぶって議論するのをお前はいつ止めるのか。

顕微鏡を覗けば、坐していても
小さなものが大きく見える。本当は高い望楼に昇り、
誤謬をはぎとって、全体を見るべきなのだ。
目の格子を通して覗いたり、
耳の迷路を通して聞いたり、
迂遠な議論や推論によって事物を識別してはならぬ。

（二九一―九八）

新たに発明された光学機械や感覚（「目の格子」、「耳の迷路」）による観察を退けるのは新しい科学に対する懐疑を示すものだが、ダンが「全体を見る」衝動に促されていることを見過すべきではないだろう。同一の主題に基く後年の説教を聞くことにしたい。

人間の知識はいかに不完全だろうか。完全に知っていることが一つでもあるだろうか。それは技芸と学問とを問わない。技芸なら職人は親方の技倆に従って知るにすぎず、学問なら学生は師匠の学識に応じて知るにすぎない。青年は老人の眼鏡をかけて視力を回復するわけではないのに、アリストテレスの眼鏡で自然を見、ガレノスの眼鏡で人体を見、プトレマイオスの眼鏡

で宇宙の構造を見る。ほとんどすべての知識は、一人前の人間をつくるために養育される子供ではなく、ミイラをつくるために保蔵処置を施される子供のようなものである。大きく成長するために育てられるのではなく、当初の姿を保とうというのである。知識に増加があっても、それは偉大な知識ではなく、珍奇な知識にすぎない。これまで知られなかった事柄を見ようとする好奇心ばかりで、古い知識を改善、発達、増殖させようというわけではない。そのようなことでは、いかなる知識も一向完全とはなりがたい。(一六二六年)[19]

ダンはアリストテレス、ガレノス、プトレマイオスによる知的伝統を離れ、「古い知識を改善、発達、増殖させる」ことを勧める。それは単に新しい知識ではない。むしろ「新しい哲学は一切のことに疑いを抱かせる」のであった。ダンは知識を増し加えることに関して、死者に保蔵処置を施すのではなく、生命ある幼児を成長させるというアナロジーを使う。知識にも生成がなくてはならぬ。ダンは有機的、綜合的な知識論を展開し、それによって「失意の扉が閉ざされる前に一瞬の輝きを知覚する」(カーモード)ことを目指すと言える。最新の光学機械や、感覚に依存するだけの観察や、徒らに抽象的な議論を退け、「感覚に基づく想像《ファンタジー》」というスコラ哲学的な観念を掘りおこすのであるが、そこから中世的な残滓を洗いおとして、ダンは創造的な知識論を形成するのである。

ダンはおのれの作品を「紙切れ」、「屍の韻文」(「葬送悲歌」一一、一四)と呼んで憚らないが、同時に「子供」(三六)とも称する。詩作品も知識と同じで、詩的言語がたえず「改善、発達、増殖」される。それは普遍と世俗のあいだの往復、秩序を求めながら暴力的なイメージを好んで受けいれる詩的感性、世界を病むと観じながら地上を天上の地図と見うる直観力によって「生成」されるのだ。まさしく「詩人の精神が充全な活動をする時、つねにさまざまな異質の経験を融合する」。そのことによって、『周年追悼詩』は、賛美の詩、瞑想詩、諷刺詩、抒情詩、自伝詩といった既成のジャンルを融合し、ダン以後に制作されるはずの多くの作品の規範になろうとする。それは複合的なヴィジョンから生れたバロック詩であり、ダンは複合的なヴィジョンによって同様なジャンル混淆の散文、『祈禱集』や『説教集』を書き連ねることができるのではないだろうか。

註

(1) T. S. Eliot, *Selected Essays* (Faber, 1927, 1951), pp. 287, 138-39. エリオットがダンについて語りながら双生児のようにチャップマンに言及していることを付け加えておきたい。まず、「時にチャップマンの場合、思考の直接的、感覚的な理解、思考の感情への再創造がある。それはまさにダンに見られるものだ」と記し、後になってダンの「中世主義」に触れて、「シェール教授によるチャップマンの出典に関する最近の研究を見れば、チャップマンは同じようなことに専心していたように思われる。チャップマンの暗い思考が『深遠』また『難解』にみえるのは、大部分フィチーノのような著述家たちの作品から長い文章を借り、それをまったく文脈を配慮せずに詩のなかに組みこんだためだといえるのである」と書いている。T. S. Eliot, pp. 139, 286.

（2） Mario Praz, "Donne and the Poetry of his Time" in Theodore Spencer, *A Garland for John Donne*（Harvard University Press, 1931 ; Peter Smith, 1958）, p. 57. この論文はプラーツの英伊比較文学論集、*The Flaming Heart*（Doubleday, 1958）に再録されている。なおマンリーも、プラーツが『周年追悼詩』を抒情詩のように読むといって批判する。Frank Manley (ed.), *John Donne : The Anniversaries*（Johns Hopkins Press, 1963）, p. 12.

（3） Dennis Kay, *Melodious Tears ; The English Funeral Elegy from Spenser to Milton*（Oxford, 1990）, p. 109. デニス・ケイはピーター・コンラッド（一九八五年）に言及していないが、両者の着眼点はよく似ている。

（4） J・B・リーシュマンがダンを「論証的詩人」と称したことに対して、ケアリーは、「ダンは論証を意のままに操ったという印象を拭いがたい」と反論し、「ダンの詩で奇妙なのは、論証に対する執拗な情熱を示しながら論証について歴然たる軽視を隠さないことである。その点からいえば、ダンの詩は分裂症的である……」と書いている。 John Carey, *John Donne : Life, Mind and Art*（Faber, 1981, 1990）, p. 217.

（5） Rosalie L. Colie, *The Resources of Kind : Genre-Theory in the Renaissance*（University of California Press, 1973）, pp. 14, 21.

（6） Frank J. Warnke, *John Donne*（Twayne, 1987）, pp. 83-84.

（7） Richard Baxter, *Reliquae Baxterianae*（1696）, cited in Diane Kelsey McColley, *Milton's Eve*（University of Illinois Press, 1983）, p. 10.

（8） エリザベス・ドルアリーは一六一〇年十二月早々、十五歳に二か月足りぬ若さで世を去るが、その数か月後（一六一一年七月から十月までのあいだ）に『一周年追悼詩』が、さらに数か月を経て（一一年十二月から一二年一月まで）『二周年追悼詩』がフランスのアミアンで執筆される。先きに「彼女が亡くなって何か月かたった」（一・三九）とダンは書き、いま「一年が過ぎた」と記すのである。

（9） その経緯をごく簡単に知るには、『神学大全』（中央公論社、山田晶訳）二七頁、二八三頁注（二）、二九四頁注（五）、また Anthony Kenny, *Aquinas*（Oxford, 1980）, p. 10 ; Jonathan Barnes, *Aristotle*（Oxford, 1982）, p. 49 参照。

（10） T. W. & R. J. Craik (eds.), *John Donne : Selected Poetry & Prose*（Methuen, 1986）, pp. 9-10.

(11) Carey, p. 5.

(12) Evelyn M. Simpson & George R. Potter, *The Sermons of John Donne* (University of California Press, 1953-62), iv. pp. 357-58. 最後の文章はテルトゥリアヌスの引用である(N・ローズ)。

(13) Warnke, p. 13.

(14) Simpson & Potter, vii. p. 390.

(15) "Obsequies to the Lord Harrington, Brother to the Lady Lucy, Countess of Bedford," l. 14.

(16) R. C. Bald, *John Donne : A Life* (Oxford, 1970), pp. 160-62.

(17) ダンテの場合はプトレマイオスの指示通りだが、ダンは十六世紀の天文学者ティコ・ブラーエに従って、水星と金星の位置を逆転させる。

(18) ダンは後に説教のなかで「肉体を離れた魂が空間的に、月や太陽や恒星界を通って天上に達するのかどうか……、私はわからないし、人にたずねたりしない」(Simpson & Potter, vii. p. 383.)と判断を停止する。

(19) Simpson & Potter, vii. p. 260.

4

マニエリスムの詩人

マニエリスムはこれまでにさまざまに吟味され、定義されてきた。諸説を参酌して言えば、それは時代の転換期に（十六世紀中葉から十七世紀にかけて）生きる芸術家や知識人の意識のなかに生れたものだが、その表現上の特徴を現実と幻影の混淆、信仰と理性の強引な統一、空間の溶解、現実・意識・時間の断片化といった具合に列記できそうである。[1]それらの定義に共通する共通項は、ハウザーが強調するように、認識論的な危機意識だと思われる。豊麗だが知的倦怠に誘いがちな伝統的な観念に対する不満が、「新しい哲学」の衝撃によって増幅され、自我と他者、自我と対象、対象と表現の幸福な調和ある関係を変質させた。ダンは、十八世紀にサミュエル・ジョンソンによって自然をも人生をも写しとってはいないと論難された。ところがヴァージニア・ウルフは同じ理由によってこの詩人を受けいれ、「現代の私たちはダンに似ている」と語る。ピーター・コンラッドが言うように、ダンは「対照・対立の容認、現実からの解放への欲求、小説家たちがゆるやかで精妙な分析的散文によって描いてきた心理的錯綜」によって、ウルフの感性に訴えるのだ。ウルフの『近代小説論』に見られる人間の意識の細分化にコンラッドは着目し、「ダンの精神は炸裂するロケット弾となり、たちまち『分散した微細な粒子』として散乱する」とウルフの所説を敷衍する。[2]ウルフの不安にみちた感性が、ダンを近代作家として鋭く捉えたのである。

詩人のトム・ガンは若年の折ダンに深く影響されたが、後年（一九八〇年）、「二十一歳の頃の私にとってダンを読むことは詩作の恐るべき起爆剤になった。……私がダンから教えられたのは、カーモードがイメージと語りの関係と呼ぶ事柄について、詩はもっぱらイメージからなると主張する英米の批評家とは逆に、語りを二十世紀の詩の固有なものとして受容することであった」（前掲）と、インタヴューアーに答えている。[3] 後世におけるダンの盟友二人の名をここにあげたが、それは文学史上ダン批判の根は深く、ダンを詩人の世界から追放する動きまであったからだ。十九世紀のエッセイスト、ド・クィンシーはダンを詩人ではなくレトリシャンにすぎないと評した。だがダンは、レナムの言葉を借りて記すが、「現実の世界には一貫性があるという信念に基く作品の物語的統一をまがいものと考え」、「和解や調和を考慮せず、対立を正確に叙述した」と擁護したいのである。ダンは十七世紀にあってすでに「現実感覚の稀薄化、存在論的な不安、非存在の戦慄」を感じ、それを詩的想像力の培養土としていたと思われる。[4]

二十世紀になってダンは出色の恋愛詩人との評価を受けたが、ダンの恋愛詩はつねに懐疑と確信のあいだを往復する知的探求として形成された。ダンは入り組んだレトリックと学識を誇示するようにみえ、多くの場合、自我の誇示が論理に先行し、論理の破綻をパラドックスとアイロニーによって切り抜ける。そうしたダイナミックな知的構造体としての詩のなかで、ダンは認識の行為の意味を解明しようとし、また認識作用の困難を訴える。自我とは、世界とは、神とは、また愛とは一体何か、過剰な自意識に閉塞しながらダンは問い続ける。『唄とソネット』は二十歳代後半以降に、長い期間にわたって間歇的に執筆された抒情詩群だが、それらの作品はしばしば愛の賛美または失意をうたうだけではなく、哲学的、神学的思索に及ぶという印象をあたえる。再度次の詩を読んでみよう。

「否定的な愛」

もし否定の言葉によってしか
表現できぬものが最も完全なものであるならば、
ぼくの愛こそ完全なのだ。
ぼくは、すべての人が好むものを否定する。
結局ぼくたちは自分について不可知だが、
謎を解く達人がそれを知りうるならば、
その無の本体を教えてくれないか。

「否定の言葉によってしか表現できぬもの」とは、トマス・アクィナスおよびスコラ派の哲学者たちが、至高、最善な神は否定的な言辞によってしか認識しえぬと説いたの[5]を流用したことも前に記した。こうしたエロスと神のアナロジーは宗教的冒涜であるとともにスコラ派に対する揶揄であり、ダンは諷刺的な気分を混えながら知に関する問題を読者に突きつける。

ダンは活気溢れる蕩児が反逆して倫理的なタブーを侵すように、揶揄や諷刺によって学者たちが親しんできた聖なる思考を覆す。ダンの詩からは、人間認識の平静・清明なリズムを聞くことができない。コリーによれば、十六世紀中葉から十七世紀にかけて、ヨーロッパは「事物の本質の思索に対する湧き立つ熱狂[6]」に浸されていた。コペルニクスによる宇宙論の転換に加えて、キリスト教に流入したさまざまな伝統的な思想の結合、再結合が、「事物の本質に関する思索」を醸成した。ダンの場合は恋愛詩の仮面をかぶりながら事あるごとに認識に関する無知を訴える。やがてダンは自我の姿を追求しながら、ほとんど力尽きて一気に自我を解体させ、そのことを割れた鏡のイメージによって告げるのである。

ああ恋の神が、一撃の元に
ぼくの心を鏡のようにこなごなに砕いた。……
だがどんなものも無に帰することはないし、

どんな空間も真空になることはない。
それゆえぼくの胸のなかには、心の断片が
結びあわされることもなくそのまま残っている。
そしていま、砕けた鏡が
百の小さな顔を映すごとくに、ぼくの心の切れ端は
それぞれが恋したり、焦がれたり、恋人を称えたりする。

「砕けた心」

この詩は、砕けた鏡に「百の小さな顔」が映っていて、それに対応する百の心がそれぞれ勝手に恋に耽るという蕩児の甚だ不都合な詭弁によって成立する。だが自我の分裂に基く絶望と誇張された陽気な放埒さがここに共存することを見過すことができない。詩的な誇張が目障りになるだろうか。サンダーズは、ダンにとってレトリック的な誇張は、過剰な感情の流入を防ぐための「保護膜」だったと擁護する。[7] あるいはダンは別の詩で、自分が死んで遺体が解剖されたらどんな自己をさらすかを考える。

ぼくの墓が掘り返されて……

掘った男が墓のなかから
白骨に絡む金髪の腕輪を見つけるだろうが、
その時、愛しあう二人がそこに眠ると考えて
そっとしておいてくれないか。

「聖なる遺物」

ぼくが死んで、医者たちにも死因がわからず、
友人たちが好奇心に襲われて
解剖して身体の各所を検分し、
ついには心臓のなかに君の画像を発見するだろう。

「愛の瘴疫」

語り手の死はゲームとしての、恋による狂死であり、また自我は単独の存在としてではなく、金髪が腕輪となって絡む白骨として、あるいは恋人の画像が安置される心臓として形象化される。それらはエロティックな、またロマンティックな恋のイメージだが、ダンは恋人なる他者と一体化することによって自我の孤立、さらには自我の分裂を回避しようと

する。ここで「現実は本質的に演劇的であり、人間は本質的に役割演技者である」というレナムの主張を思いだすのである。あるいはドチャティが、「自我はつねに社会的関係の一部分である。つまり自我の存在は独自ではなく、社会的な対話として構成され、他者との社会的な関係から生ずる。それゆえ自我は協同体の産物であり、自我を意識したり自我の存在を認める瞬間は、自我が互換性、変容性、相互性に気づく時なのである」(8)と書いていることが示唆的である。自我は通常考えられるほど堅固な存在物ではない、流動的なのだ。「互換性、変容性、相互性」によって形成維持されなければならないのである。「新しい哲学（科学）」がダンの思考に劇的な変化を生じさせる端緒となり、ダンは十七世紀の「知的動乱」を象徴する詩人となる。ウォーンケはダンが、「新しい科学的思考と実験の魅力に抗しえず、見えないもの、精神的なものだけが実在性と価値をもつと信じていたために、そのことに不安を抱いた」(9)と記す。さらには新しい哲学が、「他者との社会的な関係から生ずる」はずの自我を脅かすようになる。新しい合理主義的思考が、見えないものに対する信仰ばかりか、社会的な関係をも覆しかねないと考えたのである。

ダンは一六一一年に、一人の少女の死を悼む中篇詩、『一周年追悼詩――世界の解剖』を刊行したが、そのなかで、ダンの詩のなかで最も多く引用される次の詩句を書いている。

新しい哲学が一切のことに疑いを差しはさむ。
地球を取り巻く火の元素が消えた。
太陽も地球もあたりを彷徨《さまよ》い、人間の知力は
それをどこに求めるべきか探ることができない。
惑星のあいだに、また天球層に多くの新星を発見し、
人びとは勝手放題に、この世界は
消尽したと称し、世界が元の原子に帰って
ふたたび砕け散ったと考える。
一切のものが崩壊し、一切の統一、
一切の正当な因果関係、一切の人間関係が消失した。
王と家臣、父と子の関係が忘れ去られ、
だれもがおのれが不死鳥になったと考え、
だれもがおのれがその構成員であるはずの人類の一員だと
認めようとせず、ただ自分は自分だと主張する。(前掲)

新天文学の到来が魂の昏迷を生じさせ、すべての調和・統一、すべての関係、社会的な帰

属意識、ウォーンケのいう「見えないもの、精神的なもの」を危くするとはげしく訴えるのだ。ハウザーが説くように、マニエリスムの芸術家たちは、襲いくる混沌から逃れ、魂を欠いた美または生についての不安を克服しなければならない。

『一周年追悼詩』は次のように書き始められる。

……女王なるその人が巡幸を終えて
宮殿に帰るごとく天に昇った時、
この世界は大地震に遭い、衰弱した。

「女王なるその人」は、ダンが追悼するエリザベスという名の少女を指す。ダンはエリザベスを限りなく美化・イデア化して生命の原理としてのエロスに見たて、「世界に内在する接合剤、保存剤」（五七）として歌いあげる。その少女が死んで、世界は衰弱し、死に瀕しているというのだ。彼女を喪った世界は、古代ローマ人のごとく、「悲しみの湯船のなかで血管を切り／強力な生命の霊を流しだしてしまった」（一一―一三）。世界がいま経験しているのは「最後の長い闇夜」（六九）である。強迫観念じみた幻想が現実を侵しはじめ、衰退と死の奇怪なイメージが「分散した微粒子」のように意識の内部に散乱する。

ダンは次々とイメージを積み上げるが、連続するイメージは相互に独立していて、描かれたものは不条理という印象をあたえる。イメージが装飾の役割を捨て、思考に直接働きかけ、不条理であっても思考を進展させるのである。具体的な情況が観念に優先すると言いかえてもいい。次の詩句は、「新しい哲学」が円環の解体のイメージとしてダンの観念に作用した最も適切な例だろう。

太陽の軌道は円にはならない。太陽は完全円を描けず、
一インチでも逸れずに同じ道を歩むことができないし、
今日昇った地点にふたたび巡りくることもない。
人の目を欺く線を描き、昨日の地点の
そばをひそかに通る。蛇の動きだ。

（二六八―七二）

ダンは天空には天球層の均衡があると考え、それを「円環の均衡」（二五二）と呼んだのだが、天文学者たちの観測の報告を知り、「完全性の円」が歪んでいることを認める。どの星も「今日昇った地点にふたたび巡りくることはない」。プトレマイオスの移動する偏

心軌道やケプラーの楕円軌道が、概念的な知識ではなく、具体的なイメージとしてダンの思考に衝撃をあたえる。ダンは「天空に地震が起き、混沌がよみがえった時のようだ」（二六二）と狼狽するが、この近代的な詩人は旧来の宇宙感覚と「新しい哲学」に基づく思考との分裂のうちに生きることになる。

二篇の『周年追悼詩』を読んで、改めて『唄とソネット』に帰ることは、この世俗的な恋愛詩集の特徴を知る上で有効なことだと考える。『唄とソネット』を構成する五十三篇（または五十四篇）の作品の大半は、エリザベス追悼詩に先駆けてそれぞれ別個の機会に制作されたといわれる。それと同時期に、あるいはそれよりかなり遅れて書かれたものも少なからずあるだろう。『唄とソネット』は、前時代の先達たちの夥しい装飾的な詩に対抗して創作されたものであり、それだけに構造的な凝縮性が濃い。しかも自我をあまたの役割として登場させて語らせ、詩集の全体が絢爛たる多様な世界を構成するのである。ダンはしばしば女性の愛の背信を怨むかのように彼女たちを諷刺するが、それに対抗してみずからもたえず変心する。そうした詩がいくつかの類型に分類される。宮廷的、反宮廷的な態度、理想的な愛と放恣な情欲、あるいはプラトン的、オウィディウス的、プロペルティウス的、ペトラルカ的伝統……といった具合に。それよりはいっそ作品に見られる「感情生活の狂ったような混乱」（ウォーンケ[10]）を読みとり、矛盾する態度・観念が同時に成立していることを指摘したらどうだろうか。「それぞれの作品が他の作品の反動であり、反発であり、いかなる作品にもダンは満足できない」(サンダーズ)[11]のだ。ダンは、精神的、宗教的な態度とシニシズムとのあいだの絶えざる移動を愛のなかに反映させ、愛を複雑な人間関係から生れたものとして捉えたのである。

十六世紀フランスの論理学者ペトルス・ラムスは、詩人や弁論家の言説は「隠匿(crypsis)の方法」によると告げ、「詩人が千の頭をもつ怪物(読者)に対面する時、……あらゆる手段を尽して惑わし、予期せぬ曖昧な両義性を使って語り続ける」と書いている。[12]ジュディス・シェーラー・ハーツは、ラムスに言及するわけではないが、「隠匿の詩学」と題する小論を著わし、ダンは詩のなかに姿を見せず、語り手の声は幻影であり、「告白に聞えるものは隠匿である」と主張する。[13]ラムスの見解を論理的な局限にまで拡張した論考である。語り手の態度が不安定であることは詩人が意図したものだというのである。ここでマニエリスムの主題に戻ることになる。事実ハーツは論文の冒頭で、ダンの詩がポッツォーやベルニーニの作品と同じく幻覚的技法《イリユージヨニズム》(だまし絵)の性格を帯びると説いている。しかしダンをやや遡る時代の美学的な趨勢についてかねて詳しく論述するのはロストンであり、彼の文章を引いておきたい。

ティントレットとエル・グレコの絵画では、ルネサンスの堅固な透視法が内的ヴィジョンを反映して突然弾性を帯び、伸びたり縮んだりする。絵を見ている人間はその場面の奇蹟や秘跡の意味にひたすら関心をもち、客観的、経験的な現実を無視し、情熱的な確信に捉えられるうちに、キャンバスの全体が揺れ動く。ここから夢幻的な世界の、この世ならぬ燐光を放つ色彩が現れる。(14)

ダンの恋愛詩の時間と空間が「弾性を帯び、伸びたり縮んだりする」のはよく知られたことである。最も有名なのは金箔の比喩だろう。

ぼくたちの魂は一体であり、
ぼくが旅に出なければならないとしても、
二人の魂は引き裂かれるのではなく、
薄く引きのばした金箔のように拡張する。

「別れ——歎くなと諫める」

それぞれがイングランドと大陸に離れている二人の魂は、薄い金箔のように結びついているというのだ。二人の魂のつなぎ目は、パルミジャニーノの『首が長いマドンナ』の首の数万倍も長く伸びるのである。あるいは「夢」と題される詩は、まさに「現実と幻想の混淆」を演じて見せる。

いとしい人よ、君が起してくれるのでなければ、
ぼくはこの幸福な夢から醒めたくはなかった。
それは夢とはいえぬような、
理性に相応しい内容の夢だった。
それゆえ理性の主である君が起してくれた。
だが君は夢を破るのではなく、夢の続きを見せたのだ。
君は真実そのものであり、君のことを思えば、
夢は真実に、物語は歴史になる。……

語り手は恋人の夢を見、目を醒ますと夢が現実となって恋人が来ている。夢は現実と同じく「理性に相応しい」ものだった。こうして夢と現実、物語と歴史が混成する。「客観的、経験的な現実」が雲散霧消して、そこから「この世ならぬ燐光を放つ色彩が現れ」るので

ある。これらの詩はマニエリスムの特徴を見せているが、「日の出」は作品全体がマニエリスムの反映である。この詩は、男女の寝室が全世界と化し、同時に二人の愛が時間を越え、そのことを太陽に対して挑戦的に告げる。その概略を見ておくことにする。

いそがしい老いぼれの太陽よ、
どうしてお前は、窓やカーテンをくぐりぬけて
ぼくたちのもとを訪れるのか。
恋の季節はお前の運行に従うとでもいうのか。
……一切の恋は、季節と暑さ寒さも、
時間も歳月も知らぬ。そんなものは時間の切れ端だ。
……ぼくの恋人は世界そのもの、ぼくは世界の王侯。
……こんな風に世界が縮小したのだから、……
ぼくらの部屋に光を注げ。全世界を照らすことになろうから。

恋の時間が絶対的な時間に転じ、全世界が狭い空間に縮小する。絶対的な時間の出現は、世俗的時間から聖なる時間への回帰である。またドチャティが示唆するのだが、宗教詩

「父なる神に捧げる賛歌」や説教におけるごとく"sun"を"Son"に読みかえれば、「日の出」("The Sun Rising")を「御子の甦り」と解することができる。[15] この詩が、「新しい哲学(科学)」に対する(先刻引用したロストンのいう)「内的ヴィジョン」による挑戦を意図したことは明白である。エロティックな描写を、だまし絵のごとくに、即座に神学的、哲学的な詩に読みかえることが可能なのだ。[16]

ダンの詩には神学的な暗示や言語遊戯と並んで、自然あるいは植物の生成のイメージが散見される。変化・変成を好んだダンが自然を詩的形成力として活用したとしても不思議はない。「愛の成長」の一部を引いておきたい。

優しい愛の行為は、枝に咲く花のように、
愛の根が目覚めれば芽をふくのだ。
また水面に拡がる数知れぬ波紋が
ただ一つの波紋から生れるように増えてゆく。

ダンは花と波紋のイメージを並置する。波紋は水面上で揺らめき、そこに映る事物の形を崩す。波紋はマニエリスムの典型的なシンボルになるだろう。枝に咲く花はすぐに枯れるが、多情であるかもしれぬ語り手は、植物と同じような愛の生命力に気づき、大自然の形成力に信頼を寄せる。マニエリスムは文化意識であり、ダンは人間の社会的な意識を自然的成長と結合して、愛の不安定を乗りこえようとするのである。さらに「キリストへの賛歌」という宗教詩に目を転じて、そこにも自然が意識の不安を克服する手段となっていることを見よう。

冬になると樹々の樹液が地下の根に集まるように、
私はいまおのれの冬を経験して
深く沈んでゆく。こうして、そこにあって真実な愛の
永遠の根なる汝を知ることになるのだ。

ダンはいま四十代の後半、何らかの理由で「おのれの冬」に封じこめられている。語り手は大地の奥に沈んでゆく。自我は地中に沈下するが、救世主がすでに「永遠の根」としてそこに存在するのだった。サンダーズは、「ダンの偉大な宗教詩にあっては自然人と宗教人の浅薄な対立はなく、深い連続性がある」と、この詩に意味深い注釈を加えている。(17) 自然は多義性の宝庫だが、ダンは救済者を、樹木の根となってたたずむ図として具象化する。

現実の自我と幻想的に描かれた宗教的シンボルが重なりあう。夢と日常性が連なって区別しがたいのと同じだ。ダンは奇怪に見えかねないイメージによってエロスや宗教的経験を深化させる。この宗教詩もマニエリスムの一表象ではないだろうか。

註

（1） *Cf.* Wylie Sypher, *Four Stages of Renaissance Style* (Doubleday, 1955); Odette de Mourgues, "European Background to Baroque Sensibility", in *From Donne to Marvell*, ed. Boris Ford, The Pelican Guide to English Literature, vol. 3 (1970); Roy Daniells, "Milton and Renaissance Art", in *John Milton : Introductions*, ed. John Browdbent (Cambridge, 1973) ; Harold Segel, *The Baroque Poems* (1974). 主に John M. Steadman, *The Hill and the Labyrinth* (University of California Press, 1984) ; Murray Roston, *The Soul of Wit : A Study of John Donne* (Oxford, 1974) ; *Milton and the Baroque* (Oxford, 1980) による。

（2） Virginia Woolf, 2nd *Common Reader* (1932), quoted in Peter Conrad, The *Everyman History of English Literature* (1985), pp. 227-29.

（3） A. E. Dyson, *Three Contemporary Poets : Thom Gunn, Ted Hughes & R. S. Thomas* (Macmillan, 1990), p. 15.

(4) Richard A. Lanham, *The Motives of Eloquence* (Yale University Press, 1976), pp. 16, 35. レナム『雄弁の動機――ルネサンス文学とレトリック』(ありな書房、一九九四年)三〇、五〇頁。

(5) トマス・アクィナスは、「神について、その『何であるか』を知りえず、『何でないか』を知りうるのみである」と書いている。『神学大全』(山田晶訳、中央公論社)、一三七頁。

(6) R. L. Colie, "The Rhetoric of Transcendence," *Philological Quarterly*, 43.2 (1964), p. 145. 後に *Paradoxia Epidemica* (Princeton University Press, 1965) に収録。

(7) Wilbur Sanders, *John Donne's Poetry* (Cambridge, 1971), p. 49.

(8) Thomas Docherty, *John Donne, Undone* (Methuen, 1986), p. 194. レナムについては前註(4)を参照されたい。

(9) Frank J. Warnke, *John Donne* (Twayne, 1987), p. 84.

(10) Warnke, p. 5.

(11) Sanders, p. 108.

(12) Walter J. Ong, *Ramas, Method, and the Decay of Dialogue* (Harvard University Press, 1958), p. 253.

(13) Judith Scherer Herz, "An Excellent Exercise of Wit That Speaks So Well of Ill: Donne and

the Poetics of Concealment", in Claude Summers & Ted-Larry Pebworth (eds.), *The Eagle and the Dove : Reassessing John Donne* (University of Missouri Press, 1986), pp. 1,6.

(14) Roston, *Milton and the Baroque*, p. 14.

(15) Docherty, pp. 32-35.

(16) 西山良雄『憂鬱の時代——文豪ジョン・ダンの軌跡』（松柏社、一九九〇年）、鈴木宏三「ダンの恋愛詩にこめられた宗教的意味」、『十七世紀と英国文化』（金星堂、一九九五年）参照。

(17) Sanders, p. 110.

5

世俗詩と宗教詩

ジョン・ダン神話がダンの死後形成され、いまなお揺がないように見える。青春の日々、放埒に生き、放埒な詩を書き、晩年は聖パウロ寺院の首席司祭として深い瞑想に基くあまたの説教をし、聴衆に万斛の涙を流させた。これが神話化されたダンの生涯である。はたしてそうだったのだろうか。説教者としてのダンを「黄金の舌をもつ」雄弁な聖者クリュソストモスに対比する人もいるが、ドラマティックな回心を成しとげたアウグスティヌスに擬する学者も多いのである。ダン神話を形成したのは、最初のジョン・ダン伝の著者アイザック・ウォルトンだろう。ウォルトンは、一六三五年刊のダン詩集の再版にみずから詩を寄せ、それを亡き詩人に捧げている。そのなかで、この詩集が「愛で始っているけれども、犯した罪の歎息と涙で終って」いると結ぶのである。(1)

ウォルトンの『ダン博士の生涯』(一六四〇年)はこの詩句を拡張した聖徒伝《ハギオグラフイ》だが、実はダンがみずから聖者伝説をつくった気配がある。一六一九年春、ダンはドンキャスター子爵率いる外交使節団付牧師として渡独する前に、友人のアンクラム伯ロバート・カー卿に対して、英語で書かれた最初の『自殺論』(一六〇七―八年執筆)の写しを送り、その時次の手紙を添えている。

これは何年も前に私が書いたものです。人から誤解されやすい主題を扱ったので、焼却の憂き目にあわないように、いつも人に見せるのはやめようと思っていました。これを筆写した人はいませんし、それほど多くの人に読ませたわけでもありません。これを書いた時、オクスフォードとケンブリッジにいる特定の友人だけに読んでもらいました。……あなたの裁量でこれを人に読ませる時は、その執筆の時期を知らせ、ダン博士ではなくて、若年のジャック・ダンが筆をとった書物であると教えてやって下さい。それだけの警戒心をお持ち願います。私の生きている間保存しておいて下さい。死んだ場合でも出版と焼却は困ります。公開したり、焼いたりしないでほしいのですが、それ以外なら、ご随意に願います。(2)

『自殺論』を執筆して十年余りたち、ダンは聖職者に叙任されて四年目を終えようとしている。ダンはこの論考の序文に、「何か悩みに襲われるたびに、私はいつもわが牢獄の鍵は手中にあって、わが剣を心臓に突き刺す他に速やかな治癒法はありえないと考える。この種の思考によって、私は自殺者の行為を寛大に解釈しようという気になり、異議の申し立てを許さぬ判決の理由をいささかなりとも調べ、反論したい気持に駆りたてられた」(3)と書いたのである。アルヴァレズは「ここには曖昧に言い紛らすような素振りはない。……十七世紀初頭の散文としてはめずらしく、自分の言いたいことを思う存分に表現している」(4)と評する。

ダンは若い日に時折死への衝動を感じていたことを顧み、それが世間に広く知られて悪しき風評が立つことを憂慮するのだが、原稿の写しを人に手渡し、公刊は困るが焼却も困るとあえて懇願するのである。ダンが生涯にわたって死に対する強迫神経症的な不安を覚え、それが宗教的な来世憧憬と共存したことをここに言っておきたい。最晩年に経帷子を着た自分の肖像画を傍らに置いていたことが伝えられる（これを基にした大理石の記念像がいまも聖パウロ寺院に立っている）。異常な行為だが、死を恐れながら死の世界に逃れたいと考える性癖のあったダンは、やがて訪れる死と親しもうとしたのだろう。三十代なかばの学問に精進する論客と死期を前にした教会人が同じことを考えていたという積りはないが、両者のあいだに決定的な断絶を見つけるのは難しい。

一六一七年八月、ダンの妻アンは十二人目の子を出産し（死産だった）、五日後に死去する。アンは三十三歳、ダンは四十九歳だった。その後しばらくしてダンは、『唄とソネット』に収録されることになる一篇の世俗詩と、『聖なるソネット集』のなかの一篇の宗教詩を書く。『唄とソネット』の五十数篇の抒情詩は、ほとんどすべて執筆の時期が不確定で、「聖ルーシー祭の夜の歌――昼の最も短い日に」がアンの死に触発されて書かれたといわれるが、他の詩篇と同様にそのことは俄には断定しがたい。詩の表題と本文にルーシーの文字が見え、それゆえこれをダンが有力な支援者と頼むベッドフォード伯爵夫人ルーシーの大病の折に書いた作品と考える批評家もいる。だがジョン・ケアリが説くごとく、これはアンのための追悼詩であり、それゆえ「ルーシーの名が現れるが、ダンにとって一人の女性の本体が別の女性のなかに流入した」[5]との見解に首肯したい。

ダンとアンの結婚はダンの生涯のエピソードのうち最も悲劇的なものだったことが広く知られている。ダンは一五九七年か九八年に、知人の父親の国璽尚書トマス・エジャートン卿の住みこみの秘書となった。官僚のエリートへの道が保証されたと言ってよい。しかしエジャートン夫人の姪にあたるアンもエジャートン卿のロンドンの邸宅ヨーク・ハウスに身を寄せていて、ダンは彼女と情を通じあうようになる。一六〇一年十二月、二人は秘密裡に結婚する。ダンが二十九歳、アンは十七歳の若さだった。友人二人が司式者と立会人をつとめて結婚式を営んだが、ダンがこのことをアンの父親に書簡で知らせると、義父になるジョージ・モア卿は激怒し、法的に告発する。ダンは投獄され、直ちに職を失い、これから長年のあいだ貧窮に喘ぐ。ダンは結婚した年に書いた長篇詩『魂の遊歴――霊魂転生』のなかで、「いま私は漸く三十の齢を迎えようとしている」(四一行)と自分について語り、「高く登ろうとする野心、活力を削ぐ貧窮、精気を消滅させる疾患、つらい投獄、いたずらに人を精励させる職務、美女の罠」(四三―六行)から免れしめよと念ずる。その後のダンは知人や親族の情に縋って結婚生活を送り、ロンドン郊外ミッチャムの家を自嘲気味に「わが病院」と呼ぶ。ダン夫妻はつねに病によって「精気を消滅させ」られた。ダンは何度か世俗の職業を求めるがすべて失敗に終わる。アイルランド総督秘書の地位をねらって上首尾とならなかった時、「国王陛下が、あれから七年たつのに私の生涯最悪の事態、未熟の頃の不始末を思いだされたとのことでした」[6]とドンキャスター子爵に洩らしている。この手紙が書かれる前後に、前記した『自殺論』が執筆された。この暗鬱な十三年間に、円熟した恋愛詩と宗教詩とともに何冊かの神学的著作が書かれ、宗教的学識をかわれてついに司祭職につく。アンが死去するのはそれから二年半を経た後である（さらに四年後、ダンは聖パウロ教会の首席司祭に選出される）。

まず「聖ルーシー祭の夜の歌」について考えたい。

今宵は一年の真夜中、ルーシー祭の真夜中、
太陽が姿を見せるのは七時間に足りぬ。
太陽は力を使い果たし、星々も
弱々しい火花を散らし、変らぬ光を放たない。
世界の生気は地に沈み、

水腫症の大地が世界にみちる活力を飲みほした。
死者の生命がベッドの裾を下るように
この世の生気は死んで埋葬された。だがぼくに比すれば
全世界は笑っているようにみえる。ぼくは万物の墓碑銘。

次の世、つまり次の春になって
恋人となる君たち、ぼくをよく見てほしい。
ぼくは一切の死せる存在物、
愛の神がぼくに新たな錬金術をほどこした。
愛の神は、無から、
暗い喪失から、中身のない空虚から、
第五元素を抽出した。
愛の神はぼくを破滅させたが、不在、暗黒、死、
また存在しないものからぼくはよみがえった。

他の人たちはみな、活力を付与する生命や、

魂、形相、霊、存在の根源を万物から引きだす。
ぼくは愛の神の蒸留器によって
虚無なる万物の墓となった。ぼくたち二人は
よく泣いて洪水を引きおこし、
全世界をなす二人を溺死させた。
またほかのことに心を移しては
二人は混沌界と化し、別離の折には
二人の魂は抜けだして寄りそい、肉体は死骸となった。

しかしぼくは彼女の死によって（死という語はいけないが）
原始の無の第五元素となった。
ぼくが人間なら人間としての働きがあることを
知らなければならない。動物なら
何らかの目的や手段を選ぶはず。
植物や鉱物でさえ好き嫌いがある。
万物にはそれぞれに特性があるのだ。

もしぼくが通常の無であれば、
影と同じで、光と本体があるにちがいない。

だがぼくは通常の無ではない。ぼくの太陽は昇らない。
世の恋人たちよ、君たちのためにこの世の太陽が
いま磨羯《まかつ》宮に入って、
新たな情欲を運び、君たちにわたす。
夏になったら存分に楽しむがいい。
彼女はいま長い夜の祭りを過している。
ぼくは彼女のところに行きたい気持だ。
今宵は彼女のために終夜祈る。今宵を前夜祭と
呼ばせてほしい。一年の、一日の暗い真夜中なのだ。

聖ルーシー祭は旧暦十二月十三日、太陽は磨羯宮（通称、山羊座）に位置し、昼が最も短いとされる。表題の「夜の歌」（Nocturnal）は、宗教用語としては「宵課《しょうか》の祈り」（nocturnal vigil）を意味し、午前二時の勤行を指す。ダンは人生の真夜中、一年の真夜

中、冬至の真夜中に暗い気分のまま眠られぬ時を過している。何者かに向って、「彼女のところに行きたい」とつぶやく。「彼女のところに行く」ことは、彼女が死んでいるのだから、自殺を願っているのだろうか。ダンが『自殺論』の著者であったゆえに、自殺を示唆すると言う評者が少なくない。しかしサンダーズの読み方はそれほど単純ではない。

最後の数行で、ダンが決意して実行しようとする事柄は何だろうか。「あの人のところに行きたい」という語句をあげるほか、その問いに答えることができない。この言葉は、人間たる存在の最後の撚り糸をほどき、絶望に身をまかせようとする声のように響く。結局は自殺だ。……だが怖るべき一切の事柄を変質させるある種の異常な快活さの可能性、想像もつかぬ歓喜がまさに訪れた。それが世俗的、嘲笑的な絶望の瞬間に訪れ、苦い全面降伏を宗教的瞑想の行為に変えた。(7)

聖職者たるダンが死衝動に駆りたてられたのは不思議に見えるが、前記したようにありえないことではないだろう。しかしサンダーズが記すごとく、「想像もつかぬ歓喜が訪れた」。だがこの詩に描かれているイメージを考慮すると、サンダーズの分析には、ダンに歓喜が訪れた経過に、錬金術のアナロジーが使われていることについての分析が欠けている。他方アルヴァレズは、「活発な恋人、宮廷人、思想家、才人が、一挙に、何か空おそろしい錬金術の実験の無抵抗の犠牲者にかわってしまった[8]」と書くが、錬金術の犠牲者という表現は適切とは言えない。

ダンはペトラルカ派詩人の末流として、誇張した言い方で、二人の男女が涙を流して全世界を溺れさせ（この二人の男女だけで世界が構成される）、他のものに色目を使えば、二人の愛は混沌たる様相を呈すると歌い上げる。ダンはペトラルカ主義の意匠を利用するが、この詩の根底にあるものはペトラルカ主義ではなく錬金術のイメージである。錬金術は、卑金属を金に変え、それが不老長寿を保たせる「哲学者の石」に転換されるというにとどまらず、物質の変成とともに、精神が浄化され、変革される。錬金術の実験の操作に意識の浄化の手順が伴うのである。錬金術は十七世紀初頭から内面化を強める途をたどるという[9]。

近代初期の科学者また医師たるトマス・ブラウンも錬金術に対する関心を隠さない。

哲学者の石にまつわる私の知識は浅薄なものでありながら、それは神性についてかなりの事柄を教えてくれたし、魂の不滅の本質と不朽の実質がしばしの間人知れずこの肉体の館で眠る次第を、私の信仰に説き明かしてくれた。

黄金という神秘的な金属は、私が感歎してやまない太陽と天上の属性を備えており、火の猛威に晒されたとしても熱くなり溶けてしまうばかりで、決して消滅することがない……。これと同様に、燃焼し揮発する私たちの肉体も、精錬されて黄金に似て堅固で不屈の性質を帯びた時には、たとえ火の作用を受けたとしても決して滅びず、火の腕に抱かれながら不死となるであろう。(10)

ダンは『唄とソネット』中の「愛の錬金術」のなかで「錬金術師が不老不死の霊液を手に入れたことなんかない」と揶揄し、「日の出」では「すべて名誉は模造品、富は錬金のわざ」と断定するが、「別れ――歎くのを諌める」では、

ぼくたちは愛によって精練され、
愛の何たるかを知らないのに
たがいに信じあって
目や唇や手に触れられなくても意に介さない。

(一七―二〇行)

と、自分たちが愛の蒸留器によって浄化されたことを誇らかに語る。エロス指向のダンがここで錬金術のイメージを使ったのは、まず第一に錬金術が男性原理（硫黄）と女性原理（水銀）の融合によって達成されることを知っていたからだろう。いささか単純な歌だが「大事業」と題する作品で、

ぼくはどの賢者よりも
みごとな大事業を成しとげた。
あとにはそれよりも困難なわざ、
大事業を隠しおおせる仕事が残っている。

（二五―二八行）

と告げる。「隠しおおせる仕事」は錬金術と関係があると推測していい。錬金術こそ隠匿のわざ、秘術である。秘術は達人と素人の区別を前提とする。ダンにとって「大事業」は男女の性別を超えて愛することだが、「別れ――歎くのを諌める」ではその大事業を成しえぬ者を、愛の移ろいがちな「月下の恋人」（十三行）と称する。彼らは「夜の歌」では「世の恋人たち」として登場する。春は太陽が白羊宮に到り、錬金術を営むのに相応しい

季節である。[11]「春になって恋人となる君たち」と呼びかけるのは彼らを錬金術的な世界に捲きこむ企みである。

アルヴァレズはダンが「錬金術の実験の無抵抗の犠牲者」にされたというが、錬金術は霊の再生の魔法である。ダンは愛する人を失い、愛の錬金術によって、不在、暗黒、死、無から第五元素となって甦る。ダンは追悼詩のなかでしばしば錬金術のアナロジーを使い、死者の霊魂と肉体の消息について描く。

……私たちは無様な土塊《つちくれ》（肉体）である。
両親によって土塊として生まれ、魂によって土塊は
浄化されてガラスになり、墓のなかで黄金に変る。

（一二―一四行）

これは追悼詩と並べられる「自分の墓碑銘」から引いたが、肉体なる土塊が「ガラス」になると記されている。ガラス、水晶、琥珀、透明石の透明なることは純化の証と看做され、肉体が浄化されることを表す。[12]「マーカム卿夫人のための挽歌」では、

彼女の墓が蒸留器となり、肉体を構成した
ダイアモンド、ルビー、サファイア、真珠、金銀を
純化する。墓では彼女の魂は肉体に霊を注ぎ、
最後の火がこの世を滅ぼす時に、それに代わるものとして
神は万物の第五元素を創り、
そう名づけられるものに彼女を変生させる。

と告げる。ここには、マーカム卿夫人に対するペトラルカ主義的な美化・追従に基づく哀悼の情が見られるが、同時に蒸留器（墓）によって肉体（自我）が純化、浄化されて第五元素に昇華する経緯が辿られる。

ダンは錬金術のイメージを借りて死が再生に連なることを証明しようとする。錬金術的思想家は、土塊である肉体（あるいは世界）に神の霊が吹きこまれ、秘術によって土塊を黄金に、第五元素に転成させることができると信じた。詩人ヘンリー・ヴォーンの双生児の弟トマス・ヴォーンは、「もし自然なる肉体を切り開いて各部分を相互に分割すれば、最後に火の渦巻き《フレーステール》に到達するだろう。それは神の灯火、神の秘密の光である[13]」と書いている。ダンは他の手段を使っても、死＝「無」を再生＝「すべて」に転化させようとする。

抒情詩「別れ――涙について」でダンは、

職人は丸い球体の上に、
描かれた地図の断片を張りつけ、
ヨーロッパ、アフリカ、アジアをつくり上げる。
「無」なるものを「すべて」に仕立てるのだ。

（一〇―一三行）

と記すが、この詩句にはたわいない策略が潜んでいて、丸い球は零と同じ形を成すゆえに「無」を象徴し、ヨーロッパ、アフリカ、アジアは全世界すなわち「すべて」を表わす。わずかな手順で「無」から「すべて」が生れることにダンは興味を覚えた。この詩は錬金術のアナロジー思考に通じるウイットに基盤をおく作品である。

「夜の歌」に戻る。このダンの最もすぐれた詩はダンの自殺衝動を示唆するものではなく、またアルヴァレズが主張するように、ダンが錬金術師の蒸留器によって「無抵抗の犠牲者」になった心理的記録でもない。死の世界から再生し、ダンは第五元素として甦ったことが描かれている。

『聖なるソネット集』の十七番目に位置する宗教詩も妻アンが死去して間もなく執筆されたと考えられる。一番から十六番までのソネットは聖職叙任以前に制作されたらしいが、十七、十八、十九番は司祭に任じられたダンが個人的な感慨を吐露したものとされる。この三篇は長くダン詩集に収録されることなく、十九世紀末葉に公にされた。

私が愛した人が死んで自然に対する
最後の借財を返し、彼女も私も祝福をあたえられた。
彼女の魂はすばやく天に運ばれ、
私の心はひたすら天上に向けられる。
この地上から彼女に憧れ、私の心は促されて
神よ、汝を追い求める。水流が水源を指し示している。
だが私が汝を見いだし、汝は私の渇きを癒したとはいえ、
水腫症の私の聖なる渇きが私の存在を覆す。
だが私はなぜさらなる愛を求めるのか。
汝は私の魂に求愛し、彼女の愛に代えて汝の愛を差しだす。
そして私が聖者や天使や聖なる遺物に

心を向けるのに不安を覚えるばかりか、
現世と肉体と悪魔が汝の存在を追いはらうのを
汝は優しい嫉妬心により恐れている。

冒頭の四行は、愛する人が死去したが、彼女は若くして天上に向ったのであり、「私」もひたすら天上に心を寄せることができるようになったという趣旨で、聖職者に相応しい態度を見せていると言えよう。しかし後半部分で、「さらなる愛」（more loveは「アン・モアに対する愛」とも読みうる。モアはアンの旧姓である）を渇望し、「現世と肉体」に心が傾くのを隠してはいない。宗教的なダンは妻の死を「祝福」として受容するが、現世的なダンはアンに対する思慕の情を抑制することができない。二種類のダンが並存・対抗しているのだが、最近宗教的なダンを侵すような見解があらわれた。書き出しの「私が愛した人」（She whom I loved）のShe whomの音韻はShe-womb（子宮としての妻）とも聞えると、若いアメリカ人研究者が書いている。[14] この読みに問題があるとしても、十二回も出産したアンは当時としても多産な女性だったろう。また三行目の「彼女の魂はすばやく天に運ばれ」の「運ばれ」（ravished）は「性的に昂揚して」とも読める。ルネサンスの生理学＝心理学の理論によれば、受胎には女性のエクスタシーが不可欠だった。[15] アンは愛されたまま昇天した。ダンは言語的ウイットによって宗教的エクスタシーと性的エクスタシーを混在させる。ダンにとって詩はほとんど言語的ウイットと同義だが、聖職者詩人のダンは、詩的操作によって超越と世俗を重ねあわせ、不幸な聖職者に祝福があたえられることを願う。エロスとアガペー、男女の愛と宗教の愛は連続しうるものかもしれない。「さらなる愛」（アンの愛）に代えて、「汝の愛」が差しだされている。かつてアンの愛があって、ダンは「汝の愛」をいっそう深く知りえたことは間違いない。「汝の愛」を受けいれるのは、アンを聖者や天使として崇めたり、アンの「聖なる遺物」をいとおしむことではない、とダンはみずからに念を押すように書く。そのことを記す最後の四行は力に欠けるが、アンティクライマックスではなく、「汝の愛」の追認と解することができる。あとは十四年余りのダンの生活が残っている。

ダンが四十九歳の折に四十九行でつくり上げた「夜の歌」と『聖なるソネット集』十七番を併せ読んで、世俗詩と宗教詩という分類について再考しなければならないと考えるのである。「夜の歌」は錬金術的思索によって、トマス・ブラウンの言葉を使えば、神性や魂の不滅の認識をえたことを示すのに対して、『聖なるソネット集』の一篇は、「汝の愛」の受容とともに、妻だった女性に対するエロティックな執着を見せている。ジョン・ケアリーはダンの『説教集』をも視野に入れて、「初期のダンと後期のダン、詩人と説教者は別人だとの説がある。……だが二人の人物がいたのではない。詩と説教を読むにつれて、それらを類似の想像的な要素に統御された同一の精神による構築物として見ることができる[16]」と書いている。むろんダンの見解は変り、時を経るに従って作品の成熟度は増す。しかし不変項（「同一の精神による構築物」）が存したことが、ロンドン法学院の学生の頃、放恣な詩と宗教的真実を探る詩をほぼ同時に書いた事実から推測できることは前に記した。宗教的探求とエロティシズムも二極化して存在していたのではなく、両者は重なりあい、そのために作品が時に神秘主義的様相を帯びる。世俗詩が宗教的世界に接近し、宗教詩が世俗性を受け入れる。ダンにあっては激越な対立物をつねに内蔵しているのであれば、それが現実的な反応だったと言えよう。

註

（1）ウォルトンの詩に関しては、アイザック・ウォルトン『ジョン・ダン博士の生涯』（曽村充利訳、こびあん書房、一九九三年）の解説（二九三頁以下）参照。なお本書は、一〇七頁の本文に対し、二五〇頁余の訳註・解説をつけた労作である。

（2）John Carey (ed.), *John Donne* (Oxford, 1990), p. 283.

（3）Carey, p. 149. *Cf.* P. M. Oliver, *Donne's Religious Writing* (Longman, 1997), p. 1.

(4) A. Alvarez, *The Savage God : A Study of Suicide* (Weidenfeld & Nicolson, 1971), p. 134.

(5) Carey, p. xxix.

(6) R. C. Bald, *John Donne : A Life* (Oxford, 1970), p. 161.

(7) Wilbur Sanders, *John Donn's Poetry* (Cambridge, 1971), pp. 119-20.

(8) Alvarez, p. 141.

(9) Jay Ramsay, *Alchemy : The Art of Transformation* (Harper & Collins, 1997), p. 34.

(10) 新訳のサー・トマス・ブラウン『医師の信仰・壷葬論』（生田省悟・宮本正秀訳、松柏社、一九九八年）一〇一、一二五頁。Sir Thomas Browne, *The Major Works* (Penguin Books, 1977), pp. 101,124.

(11) Ramsay, p. 49.

(12) *Cf.* Eluned Crawshaw, "Hermetic Element in Donne's Poetic Vision" in J. A. Smith (ed.), *John Donne : Essays in Celebration* (Methuen, 1972), p. 327. 透明石に関しては書簡詩「ベッドフォード伯爵夫人へ（名誉は完全に精練された完成物……）」に、「内なるすべてのものが外にあらわれる透明石」と言及されている。

(13) A. J. Smith, p. 326.

(14) Theresa M. Dipasquale, "Ambivalent Mourning in Since she whom I loved" in M. Thomas

Hester, (ed.), *John Donne's "desire of more" : the Subject of Anne More Donne in his Poetry* (University of Delaware Press, 1996), p.185.

(15) Hester, p. 186.

(16) John Carey, *John Donne : Life, Mind and Art* (Faber, 1981), pp. 10-11.

6

世俗詩と宗教詩（続）

イタリアの碩学マリオ・プラーツは、『ムネモシュネ――文学と視覚芸術との間の平行現象』第二章で詩人としてのミケランジェロとジョン・ダンを比較しようとして、まずパノフスキーの論考「新プラトン主義とミケランジェロ」から次の文章を引用する。「ミケランジェロの彫像の持つ〈残酷な歪曲、不調和な比例、破格な構図〉によって表現されているのは……内面の葛藤であって、外面的な方向と秩序の欠如ではない。……彼らの動作は初めから抑圧され、完了する以前に麻痺させられてしまっているように見えるし、またいかに恐ろしく身体をよじり筋肉を緊張させても、効果的な動作をとることができず、ましてや身を移すことなどできるとは思えない。」プラーツはこうした印象がミケランジェロのソネットの文体にも見られると言うのである。それゆえミケランジェロは伝統的なソネット詩人とは異質であると説き、さらに次のように記す。

（ミケランジェロが）唯一似ているという感じなのはジョン・ダンの『神聖ソネット』である。二人の詩人に「発心が訪なうは狂おしき瘧《おこり》もさながら」なのであって、信仰心が得るにむずかしいものだと知った二人は熱狂に弛緩のくることを怖れてばかりいる。二人とも心の渇きをなんとかしようと焦り、神のみがなすことのできる壁が自分の心と神を隔てていると感じている。リアリズムとネオ・プラトニズムの奇妙な混淆ぶり、賦才の劇的性格、美と宗教に対する苦しい憧れ、半ば勝ちながら半ばは挫折するという闘争の二重性、そして罪と死の恐怖、神の怒りの招く怖るべき結果を描きだす力ということでは、ジョン・ダンがおそらく誰よりもミケランジェロに近いであろう(1)。

プラーツは同書第四章でも、世俗詩人としてのダンに関してミケランジェロとの類似を指摘するのである。ふたたび長文の引用をしておきたい。

ダンの抒情詩の屈曲を重ねるパターン(disegno tortuoso)を見ると、その最大の特徴を彼の綺想《コンシート》や機知《ウイット》だと言うことは、なるほどまず目を惹くのがそうしたものであるにちがいないとしても、むずかしいだろう。激した知性の神経症気味の弁証法にこそ大きな特徴があるのは、オデット・ド・ムルグ女史も指摘しているとおりである。……(それを)たどっていけばペトラルカにまでいきつくだろう。ダンは、ペトラルキスモの主題要素を使っていることはたしかだが、ラウレンツィアーナ図書館の玄関の間《ま》でミケランジェロが古典主義的要素を扱ったのとそっくりな偏倚かつ非正統的な使い方なのである。私自身、別のところで、ダンの詩法とマニエリスムの画家たちとの共通点をいくつか論じ、とりわけ余計な細部が増殖し、他の詩人たちの普遍の詩法が転倒されていく点にそれを見た。ダンの屈曲する思考の流れは、何かを言うと

どこかの行の冒頭の「しかし」がそれを転倒するという形をとることが多い。(2)

ラウレンツィアーナ図書館の玄関の間は、プラーツによればマニエリスム建築の偏倚趣味のモデルとなっている。その特徴は、古典主義からの逸脱、またさまざまな緊張と対比法であり、典型的に見られるものが蛇状曲線（linea serpentinata）だということになる。盛期ルネサンスの天才的な芸術家にすでにルネサンスの清朗な調和と安定を崩すような徴候が認められることは興味を唆る。クルティウスによれば、「最高の意味における古典主義芸術は短い期間繁栄するにすぎない」のである。(3)

ダンはミケランジェロと同じく、詩のなかで「激した知性の神経症気味の弁証法」、「屈曲する思考の流れ」、「蛇状曲線」の文体を造りあげたというのである。そのことを『唄とソネット』のなかの「夢」と題する作品で見ておきたい。

いとしい人よ、君が起してくれるのでなければ、
ぼくはこの幸福な夢から醒めたくはなかった。
それは夢とはいえぬような、

理性に相応しい内容の夢だった。
それゆえ君が起してくれた。
だが君は夢を醒ますのではなく続きを見せたのだ。
君は真実そのものであり、君のことを思えば
夢は真実に、物語は歴史になる。
ぼくの腕に抱かれるがいい。君はぼくひとりで夢を
見るのはよくないと考えた。さあ夢の続きだ。

物音ではなく、稲妻や蝋燭の明かり
のような君の目がぼくを起した。
だがぼくは（君は真実を好む）
君を見て天使かと思った。
しかし天使以上だった。君はぼくの心を知り、
ぼくの考えを知っていたことにぼくは気づいた。
ぼくの夢の内容を知り、喜びのあまり
目覚めてしまう頃合を知って、君はここに来た。

だからぼくは言っておきたい、君を
君ではないと考えては不埒なことであると。

ここにずっといてくれれば君は君だが、
ここから立去ってしまえば、
君は君ではないとぼくは考えてしまう。
愛していても不安があれば、それは愛とはいえない。
愛が不安、羞恥、名誉の混合物なら
純粋で輝かしい心の働きとは言えない。
松明がすぐ燃えるように、一度火を点してから
消しておく。君もそうしようとする。
ぼくに火を点し、立去ってまた来ようというのだ。
それを夢見よう。そうでなければいっそ死んでしまいたい。

最終行の「死ぬ」(die)は、言うまでもなく当時のスラングで性的行為を営むことを意味し、この言語遊戯はかねてダンが好んだものである。だが「死」への誘いや、松明を点す

時の心得を女の策略と結びつける奇知がダンの本領であるとはいえないのだ。夢のなかでしか恋は実現しないというペトラルカ主義的な発想法をダンは退けようとし、語り手は夢のなかでの祝福を現実において実現することにつとめる。追従に走り、矛盾した言葉を繰り返し、突如、甘美に、また露骨に愛に誘う。ソネット詩人によれば、酷薄非情な女人は夢のなかでは優しいが、男が彼女を抱きしめようとすると、男は夢から醒めてしまう。シェイクスピアさえイタリアのソネット詩人の伝統に従って夢の詩を綴る。(4)

目を閉じる時に私の目は至上のものを見る。
昼であれば、ものを見ても心に残らないが、
眠れば目は夢のなかで君を見、
君は暗中に輝き、目は輝くものに注がれる。
君のおぼろな姿が影を輝かせるのであれば、
影ならぬ君はうららかな白昼に
ひとしお清朗な光を放ち美しい姿を示す。
見えぬ目に君のおぼろな面影が輝くのだ。
生気なき夜、君の美しい片影が

重い眠りのさなかに見えぬ目に映るのであれば、
生々たる白日のもと君の姿を拝して
私の目はいかばかり祝福されるだろうか。
君と会うことがなければ昼もことごとく夜となり、
夢に君の姿を見れば夜も輝く真昼となる。

『ソネット集』四十三

ミルトンのソネット十九も、死別した妻について歌った悲歌でありながら、ペトラルカ主義的な夢の詩の巧みな変奏と称しうる。

見たと思ったのは、さきごろ娶って今は在天の妻か。
墓場から戻されて来たのだ。ジョーヴの大力の子が
力ずくで死魔から救い、蒼ざめてやつれていたが、
喜ぶ夫につれもどされたアルセスティスのごとく。
わが妻は産褥のけがれのしみを洗われて、
古い法規《おきて》の斎戒《きよめ》に救われたもののように

天国では今ひとたび無礙にはばからず、
くまなく見ようと期していた姿となって、
その心のごとく、清らかに身を白衣につつんで来た。
顔はヴェールに被われていたが、わが想像《こころ》の目には、
愛と愛嬌と優しさが、その容姿にかがやいて見えた。
それがあれほど快くさやかに耀《かが》よう顔は他にない。
しかしああ、われを抱こうと妻がうつむくと、
目がさめて、妻は去り、昼はまたわが夜をもたらした。

（宮西光雄訳(5)）

シェイクスピアのソネットは伝統的な奇知と優雅さを帯び、ミルトンは古典的な知識を盛りこみつつ「夢」の詩の伝統を追う。シェイクスピアが夢に見る対象は恋人ではなく貴族の青年男子であり、ミルトンの場合はいまは亡き妻が恋人の位置を占めるが、ダンの「偏倚かつ非正当的な」扱い方と較べれば、それらのことは取りたてて言う必要がないように思われる。ダンの詩では、恋人の夢を見ている時に恋人が訪れて夢が破られる。夢が現実に変容した。それがまず伝統に一ひねりを加えた逸脱である。今度は現実を夢に変え

ようとして、語り手は「さあ夢の続きだ」と女性に挑む。それは伝統的な主題からのさらなる逸脱である。恋人を「理性の主」、「真実そのもの」と称し、「天使以上」の存在と賛美するが、現実に転化したはずの夢の世界がいつか存在感の稀薄なものとなる。語り手は恋人が「ぼくの心」、「ぼくの考え」、「夢の内容」、「喜びのあまり目覚めてしまう頃合」をすべて知っていたと続けて語り、プラーツが記すように、「余計な細部が増殖する」。ついには、君は君なのか、君は君ではないのかが不確かになる。君は夢のなかの君と違った確固たる存在なのか、夢のようにおぼろな存在なのか、はっきりしないのである。「すぐ燃えるように、一度火を点してから消しておく」松明を比喩として恋人に適用し、夢の現実化に望みをつなぐのは心許ないことである。君を思えば「夢は真実に、物語は歴史になる」と語り手は大仰なことを言ったが、真実と歴史が夢と物語に反転しはじめる。この詩は現実が「夢」であることを訴えているようにも見える。ダンの詩は一行また一連が奇知にみちているのではなく、論理の運びが屈曲して進み、詩全体が奇知に支えられているところに特徴がある。(6) しかもダンは伝統的な主題に挑戦するが、主題を拡大してふたたびそこに回帰するのである。夢から醒めた男はふたたび夢を見ようとする。ダンにあっては「感覚と奇知は両立し、詩が主題を嘲笑し同時に祝福する」(7)というロレンス・ラーナーの言葉は至言だと思われる。

シェイクスピアのソネット百三十八では、愛する女性との和合を現実の世界で果たすが、それは虚偽に満ちたものであった。

ぼくの恋人が真実を語ると誓えば、
彼女が嘘をついても、ぼくは彼女の言葉を信ずる。
そう信ずれば、ぼくが色恋の手練手管に無知な
世間知らずの若造だと考えてもらえるからだ。
彼女はぼくがもう若くはないのを知りながら
まだ若いと思ってくれると甘え、ぼくは
初心《うぶ》を装い、嘘で練りかためた彼女の言葉を信用する。
二人ともありのままの事実を押し隠すのだ。
だがなぜ彼女は嘘をついていると言わないのか。
ぼくもなぜ自分が歳を取っていると言わないのか。
ああ恋の最上の衣裳は真実めかすことにあり、
それに、恋に耽る老人は年を数えられたくない。
だからぼくは彼女に嘘をつき、彼女も嘘をつき、

二人は互いの弱みを嘘で隠して憚らない。

男と女がいっしょに「寝る」（lie）が、それが「嘘をつく」（lie）ことになる。男の嘘は自分が歳を取っていることを隠す点にあるというのは伝統的な修辞にすぎないが、語り手は、なかば遊戯的、なかば絶望的な心情を吐露しているという印象をあたえる。ソネット四十三の清明な境地から遥かに遠いところまで来てしまった。しかし「ぼくの恋人が真実を語ると誓えば……」という第一行に見られる「真実」という語が重い意味を担い、このソネットは、それを意識して男女二人がそれぞれに嘘をついていると記すのである。「恋の最上の衣裳は真実めかすところにある」というシニカルな命題。そうではないとすぐに反論しうるが、そうかもしれないという疑念から簡単には解放されない。そのためにシェイクスピアは、「もし」、「だが」、「だから」といった論理の捩れを示す言葉を連続して使う。シェイクスピアもダンと同じく、「屈曲を重ねる」論述のために力を尽す。

ダンは『聖なるソネット集』（プラーツの訳文では『神聖ソネット』）のなかで、エロティシズムへの関心を宗教的な領域に導入する。その十四である。

三位一体の神よ、私の心を強打し給え。あなたはこれまで私を正しくしようと、たたき、息をかけ、光を注ぎ給うた。
私が起き上り、立ち続けるために、私を倒し給え。
私を打ち破り、吹き飛ばし、燃やし、新たなる者にし給え。
私は正しい支配者に属すべきなのに、敵に占拠された町、
あなたを迎えいれようとするけれども、それができない。
あなたの代理人の理性が私を守護すべきなのに
囚われの身となり、脆弱、不実な態度をとっている。
だが私はあなたを愛し、あなたに愛されることを願う。
しかしあなたの敵と契りを結んでいる。
私を別れさせ、絆をほどき、それを断ち切り給え。
私を連れだして、閉じこめ給え。なぜなら
あなたに束縛されなければ、私は自由になれないし、
凌辱されなければ、純潔になれない。

この詩の語りも「屈曲を重ね」、そのことによって「信仰心が得るにむずかしいものだと知った」ダンが、「熱狂に弛緩のくることを怖れてばかりいる」様を示している。ダンの

文体の特徴が「激した知性の神経症気味の弁証法」であることを証拠立てるのである。このソネットは健全な常識からすれば、かならずや舌打ちを招くような作品である。サンダーズはダンの最晩年に書かれた宗教詩を高く評価するが[8]、『聖なるソネット集』に対する批評は厳しいのである。

この詩は甘い女性的受動性の意識的な調子で終る。だがそれと最初の部分の暴力を求める祈願とどう関係するのだろうか。……この詩には通俗なものがあり、それは危険と言えるほど制御されぬ煽情主義に由来する。……『聖なるソネット集』の多くの作品におけるように、ヒステリックなほど統御しがたいものがあるのだ[9]。

サンダーズはダンの「激した知性の神経症気味の弁証法」を嫌うのである。それに対してプラーツはダンの「偏倚かつ非正統的な」思考に執着してミケランジェロとの類似を発見し、宗教的感性の底に潜む深い苦悩を探る。

ダンはまず「暴力を求める祈願」によって「新たなる者にし給え」と訴える。新生を待望するのである。だが一度は神の暴力を希求しながらそれを徹回して、「私はあなたを愛し、あなたに愛されることを願う」と祈る。確かにダンは煽情主義に陥っていると評されても仕方がないが、そこに見えるものは「賦才の劇的性格」であり、「半ば勝ちながら半ば挫折するという闘争の二重性」だと思われる。この詩を書いたダンに円熟した宗教性が欠けているかもしれないが、それも宗教性であることに変りはない。

最後の二行について、サンダーズは「甘い女性的な受動性」と評して簡単にあしらう。「あなたに束縛されなければ、私に自由はない」という逆説は一般的な神学上の命題であり、スペンサーが『妖精の女王』で、地下牢に捕われた美女フロリメルが恋人のマリネルと結ばれた時に次のように語る。

二人を封じこめるには一つの牢獄で充分です。
それゆえ私は自由になるよりも囚人でいたい。
私をそうした捕われの身で自由な人間にして下さい。

（四巻一二篇一〇連）

これは一種の形而上詩であり、スペンサーの新鮮さを主張したいが、いまはダンの伝統性を知るべきである。問題は「凌辱されなければ、純潔になれない」の一行だろう。同じようなエロティックな表現が『聖なるソネット集』十八にも見られるので、そちらに移ることにしたい。

キリストよ、あなたの輝く純潔の花嫁を見せて下さい。
ああ海の彼方で華美に装う女性がそれでしょうか。
ドイツとこの国で略奪され、引き裂かれて
歎き悲しむ女性がそれでしょうか。
教会は千年眠り、一年間姿を見せるのでしょうか。
真実が間違い、また新しいものと古いものがあるのでしょうか。
いま、あるいはかつて、あるいは将来、一つの丘、
七つの丘、また丘のないところに存するのでしょうか。
私たちはいま花嫁と住んでいるのでしょうか。
労苦の旅をして彼女と出会い、言い寄るのでしょうか。
優しい夫よ、あなたの花嫁を目の前に見せて下さい。
愛に飢えた私の心が柔和な鳩に求愛するのを許して下さい。
花嫁が多くの人に抱かれ、開放される時に
あなたに貞節で喜ばしい存在になるのですから。

「あなたの（輝く純潔の）花嫁」は、聖書の典拠に基いて教会を指すが、それに応じてダンはキリスト教の宗派を女性に譬える。[10]「華美に装う女性」はカトリック教会を指し、「ドイツとこの国で略奪され、引き裂かれて歎き悲しむ女性」はプロテスタント教会を示唆する。一六一九年、ボヘミアのプロテスタント勢力が、カトリック教を奉ずるフェルディナント二世に反旗を翻し、プロテスタント系のパラタイン選帝侯フレデリック五世に王冠を捧げる。一六二〇年、フレデリックはフェルディナントに敗北を喫するのだが、フレデリック五世の王妃はジェイムズ一世の娘だった。イギリス国内ではボヘミア救出のため戦火を交えるべきであるとの議論があったという。[11]また「一つの丘」はソロモンが神殿を建てたモリア山、「七つの丘」の教会はローマで、「丘のないところ」はジュネーヴを指すと注釈版は伝える。

語り手は、あるべき教会を求めて歴史と現実のなかに存在する教会を見渡すがついに発見できない。花嫁との出会いを探るなかで、「言い寄る」、「愛に飢えた私の心」、「求愛する」といった恋愛詩の言葉を使用し、最終対句の不穏当な表現に達する。

その二行に関して、オリヴァーは、「論理的に言って、『多くの人に抱かれる』多情な花嫁のイメージは、最初に描かれた娼婦（『華美に装う女性』）としてのローマ教会に対する批判と矛盾すると考えられよう[12]」と記す。オリヴァーの批判に答えるためには、十七世紀の文学の趨勢を広く考えておく必要がある。プラーツはクラッショーを論じながら次のように述べる。

十七世紀は感覚の喜びに傾きがちだったので、宗教的な作品において、世俗の愛の言葉を言いかえたり、昇華させて使わざるをえなかった。神との至上の接近法はただ感覚の精紳化に見られたのである。[13]

「感覚の精神化」はプラーツの十七世紀研究に適用される中心概念の一つだが、ダンにあってはそれが充分に実現された。「凌辱されなければ、純潔になれない」とか、「花嫁が多くの人に抱かれ、開放される時に／あなたに貞節で喜ばしい存在になる」といった逆説的な詩句は、「激した知性の神経症気味の弁証法」であり、過度の「偏倚趣味」の表示であり、異様なリアリズムと感覚の精神化の結合物だろう。ダンにとって「裸かの女性は魂のエンブレムとなりうる」(ラーナー)[14]という認識があったように思われる。「多くの人に抱かれる」花嫁は「華美に装う女性」とは異なり、神話的な犠牲の聖女、さらに「輝く純潔の」魂だろうと思われる。まさに「発心が訪なうは狂おしき瘧もさながら」(『聖なるソネット集』十九)、聖と俗、美とエロスのあいだをたえず往復していたダンならではの詩句だったと言えよう。

クラッショーはダンに比して凝縮性に欠けるが、プラーツのいう「感覚の精神化」を典型的に示した詩人である。プラーツが『ムネモシュネ』でクラッショーについて記しているところをまず読むことにしたい。

ランフランコやベルニーニの恍然たる聖人たち――天国の夫に驚かされる聖女マルガレータ、天使の鏃《やじり》に突き貫かれる聖女テレサ、そして死に瀕して苦悶する聖なるルドヴィカ・アルベルトーニ――の官能的な陶酔境とか、その彫像がイタリアやスペインの教会や美術館に溢れる無数の聖人聖女、殉教者たちの天上的な夢うつつぶりなど、こうして聖の聖と呼ぶべきか俗の俗と称すべきかわからぬイメージが、この英国の偉大な「小《マイナー》」詩人の数行に照らせば、あたかも注釈を見たかのごとくに突然よくわかるようになるのは、それらの詩行がそうしたイメージを超えているからである。全一七世紀の精髄をばその裡《うち》に凝縮しているかの感がある。(15)

クラッショーの詩行がベルニーニを「超えている」との評価は過褒であるように見えるが、クラッショーの歴史的意味づけとしてこれ以上的確なものはないだろう。クラッショーの

「燃える心――天使に似た聖女テレサの著述と版画に寄せて」の全体を以下にあげよう。

この書物に親しむ心根よろしき読者よ、君たちは
版画に間違ってついた名前を鵜飲みにしている。
頬を輝かせる炎の幻影なる天使を
いきなり替えてはならない。
あちらが天使の姿、こちらが
偉大なる聖女テレサとだれしも言う。
読者よ、私の判断に従い、
狙いの正しい思慮ある訂正をされよ。
この絵の人物を読み変えて
正しく見るために違った名称で呼ぶがよい。
天使を聖女に見立て、聖女を天使に変え、
天使の座を占める像を聖女と考えよ。
　画家よ、天使の手に聖女の矢を
置くとは、何たる心得違いだろうか。

見よ、天使の年齢と背丈からすれば
こちらが母なる天使であろうに。
聖女は恋する者の炎を燃やす。
天使はおのれの本分から燃える心を見守ろうと地上を訪れた。
世にも哀れなる霊感の持ち主なる画家よ、
おまえの絵筆を聖女の矢《ペン》に
触れさせたならば、この幻のような姿を
聖女として描く誤りを犯さなかったろう。
画家よ、聖女は清純な人の姿を見せ、
女の厳しさで男の恋の炎を嘲笑う。
おまえは脆くも弱々しい聖女を
画面に描こうとしたとだれしも考えるだろう。
だがおまえの顔面蒼白い紫衣《しえ》の聖女像が
テレサの輝く書物の燃える確信から炎をえたならば
その姿は、天使が備える美質の
すべてを身に帯びるはずだった。

この若い炎の天使に属する一切のもの、
薔薇色の指、光を放つ髪、
燃える頬、燦然と輝く翼、
匂うがごとくに美しいすべて、
何をおいても炎と燃える矢が
この聖女の手に収められたろう。
　頬の赤らみは天使のもの、炎はテレサのもの、
いずれも等しく適切に描き、
未熟な構図を正しく修復するがよい。
天使の衣裳を聖女の衣裳に変えよ。
おまえの絵筆の至らぬところを改めよ。
天使にヴェールを、聖女に矢を授けるのだ。
　天使をヴェールで覆い、競いあう恋人の
赤い頬を隠してしまうがいい。
この世には新たなる天使の群、恋人たちが
そこここにいて天使は恥じいっているはずだ。

聖女には矢を授けよ。テレサは
(若者の装いで)矢を射はじめる。
さあ、矢で射抜かれた心よ、
テレサの矢によって生き、死んでゆく人たちよ、
おんみの歓喜の霊は、聖女の
貴い生命と愛を受けて
何を伝えるのか。証言をするのだ。
テレサは矢を放つごとに天使を送りこむ。
永遠の矢筒は光り輝く。
愛に紡がれた線を描いて進む天上の矢よ。
矢を聖女に授けよ、それが炎を点す。
ヴェールは天使のもの、それが恥ずべきものを隠す。
いと悪しき罪過がしばしば
幸運を招くのだとすれば、
また万《よろず》のことが掟によって決まるならば、
傲れる罪人が慎しい歌に耳傾けることがないならば、

美々しい姿を表わしながらも
苦悩する天使像を見せてほしい。
光り輝く美しさを天使のものとせよ、
燃える頬、燦然と輝く翼、
薔薇色の手、光を放つ矢を。
聖女には燃える心だけを授けよ。
心燃えるテレサに、天使がもつ矢を
矢筒に入れて何本も携えさせよ。
愛の戦場では傷ついた心が
恋する者の至上の武器だった。
矢傷に苦しむ者が愛の矢を放つ。
傷を受けた者が人に傷を負わせる。
ああ心よ、燃える心が
矢に刺し貫かれ、刺し貫く矢となろう。
大いなる心よ、この絵姿のなかで
勝利の炎を燃やし、生命をみなぎらせ

見る者に感歎の声をあげさせよ。
愛による死は勝利の殉教なのだ。
この永遠の生命が宿るところに
愛と殉教を溢れさせよ。
神秘の死を伴わしめよ。愛の矢に
貫かれた魂は、テレサの生命の証人となろう。
心燃える聖女よ、あなたの力を見せ
亡骸のように堅い石の心に火を点すのだ。
あなたの燦然と輝く書物のなかで
あたりに放たれる光の矢を
いま束ねて、わが胸を刺し
わがうちからわが罪を奪い去るがいい。
その尊い強奪はあなたの愛に発したものであり
あなたの勝利がわが身の祝福なのだ。
ああ愛に燃える不屈の聖女よ、私は祈りたい。
光を放ち炎と燃えるあなたの力にかけて

あなたのうちに住む鷲と鳩にかけて
あなたの愛の生命と死にかけて
霊の杯を飲みほした日々にかけて
それにもまさる大いなる愛の渇きにかけて
激しい愛に溢れる大杯にかけて
最後の日の朝、飲んだ霊の杯にかけて
肉体から離れゆく魂を主のものとした
あの最後の接吻による天上の喜びにかけて
主によってあたえられた天上の輝きにかけて
（おお天使の美しき妹よ）
あなたによって知った主のすべてにかけて
わがうちからわれに属するものを消滅させよ。
あなたの生涯を語る書物に親しみ
私を死の後に続く生命に至らしめよ。

天使に鏃を向けられて神秘の陶酔に耽る聖女テレサの版画について、クラッショーは画家に向って、テレサに天使の装いをさせ、炎となって燃える矢をつがえさせよと忠告する。やがてテレサの燃える心が人びとの心を刺し貫く矢となり、堅い石のような心に火を点すと言い変える。後半は殉教の勧めを経て、テレサ自伝が光の矢を放つと記し、その矢がクラッショー自身に向けられ、「わがうちから罪を去らしめよ」、「わがうちからわれに属するものを消滅させよ」、「私を死の後に続く生命に至らしめよ」との祈願によって終る。繰り返しが多く、情緒的なイメージが多用され、エルロットのように、「こうした詩人から人間の精神についての洞察をえようとしても期待できない。……クラッショーは心理学者の症例となる」[16]といった厳しい批評を下す人もいる。

ダンの詩が神聖と世俗のあいだを往復するのに対して、クラッショーは飽くまで聖なる境地に飛翔しようとする。その神聖な上昇にはエロティックな色彩が施される。「聖女は恋する者の炎を燃やす」（一七）や「愛の戦場では傷ついた心が、恋する者の至上の武器だった」（七一―七二）といった言葉が見られ、「新たなる天使の群（である）恋人たち」（四六）が天使と対照されて描かれる。ダンは『聖なるソネット集』十九で、

昨日は天上を仰ぎ見ようともしなかったのに、
今日は祈りと追従の言葉で神に愛を求める。

明日は神の鞭をひたすら恐れて戦《おのの》く。
敬虔なる発作が訪れるのは
狂おしき瘧もさながら。だが地上にあっては
恐怖の余り心震える時が最上の日々なのだ。

と記す。クラッショーは世俗の愛を交えながら天上への精神の旅立ちを急ぐが、ダンが天上を仰ぎ見るのは「敬虔なる発作のようなもの」であり、すでに記したようにこの詩人はたえず天上と世俗に交互に関心を移す。ともに「感覚の精神化」を目指すが、両詩人の精神の軌跡は対照的である。ドチャティーはダンのこの詩について、

「敬虔なる発作」の見掛けは病いのように見えるが、治癒に通じるのである。病いと不安定ダンの「最上の日々」であり、健康な状態なのだ。この逆説が成立するのは、心の奥底で感じた信仰心が、新たなる再生、新たなる陳述、たえざる反復を要求するからである。それは世俗の愛と同じく、つねに出発点に立っている状態でなければならなかった。(17)

と評する。ドチャティーは続けて、『唄とソネット』中の「恋人の無限性」という詩から、

「ぼくの愛は日々新たなる成長をとげる」を選んでここに並べる。「恋人の無限性」という詩は、男が求愛をしながら自分の愛について語っていて、多少の滑稽を感じさせるのだが、恋の「新たなる成長」という着想から、ドチャティーはダンの宗教性を解明しようとしたのかもしれない。「敬虔なる発作」が「新たなる再生、新たなる陳述、たえざる反復」を促すというのは、ミケランジェロとダンについてプラーツが見た「美と宗教に対する苦しい憧れ、半ば勝ちながら半ばは挫折するという闘争の二元性、そして罪と死の恐怖、神の怒りの招く怖るべき結果を描きだす力」の裏面を伝えていると考えられる。

註

（1）『ムネモシュネ』（高山宏訳、ありな書房、一九九九年）、五七―五八頁。本書はイタリア語版に基づく新訳である。

（2）同書、一二六八頁。

（3）Ernst Robert Curtius, *European Literature and the Latin Middle Ages*, tr. W. R. Trask (Pantheon Books, 1953), p. 273.

（4）*Cf.* Mario Praz, "Donne's Relation to the Poetry of his Time" in Theodore Spencer (ed.), *A Garland for John Donne* (Peter Smith, 1931, 1958), pp. 53-57.

（5）『ミルトン英詩全訳集』上（金星堂、一九八三年）、二四三—四四頁。夫のために生命を捨てたアルセスティスが、「ジョーヴの大力の子」ヘラクレスによって「死魔」から救われて再生したことに、ミルトンは言及するのである。

（6）Spencer, p. 56.

（7）Laurence Lerner, "Ovid and the Elizabethans" in Charles Martindale (ed.), *Ovid Renewed* (Cambridge, 1988), p. 135.

（8）Wilbur Sanders, *John Donne's Poetry* (Cambridge, 1971), pp. 110, 150. このことは第四章で扱った。

（9）Sanders, pp. 129-30.

（10）「諷刺詩三」参照。

（11）Helen Gardner, *The Divine Poems of John Donne* (Oxford, 1952), pp. 124-25; P. M. Oliver, *Donne's Religious Writing* (Longman, 1997), pp. 45-46, 208-9.

（12）Oliver, p. 210.

（13）Mario Praz, *The Flaming Heart* (Doubleday, 1958), p. 204.

（14）Martindale, p. 131.

（15）高山訳、一八三頁。

(16) Robert Ellrodt. Cited in Lorraine M. Roberts, "Crashaw's Sacred Voice," John R. Roberts (ed.), *New Perspectives on the Life and Art of Richard Crashaw,* p. 66.

(17) Thomas Docherty, *John Donne, Undone* (Methuen, 1986), p. 142.

7

『失楽園』と新しい哲学

マリオ・プラーツはミルトンについて、「天才を分類することは不可能である」と記し、それを敷衍して、「眺める視点に従って、……見る方向を変えると異なったイメージがあらわれる絵画のように、天才は二つの異なった解釈を可能とする要素を示しうる」[1]と書いている。プラーツのいう「二つの異なった解釈」とは、一方ではミルトンをバロック的な「感覚の精神性」を再現したみごとな例として、他方では「人文主義の最終段階」の「覇者」として見るのである。プラーツの文章は、『失楽園』が多重構造をもち、たえざる再解釈を許す叙事詩であることを示唆している。『失楽園』を文化的葛藤にさらされた作品と考えることもできる。そう解するならば、『失楽園』はいっそう広い地平を拡げることになるだろう。ここではミルトンを「新しい哲学」との関係から入って、『失楽園』の底流にある文化的葛藤に触れてみたいのである。

一六四〇年代早々、三十代はじめに達したミルトンは、演劇的作品を執筆するための構想を練っていた。その折記した作品の表題と計画の数は百に近い。そのなかに『楽園を追われたアダム』があったが、それに続く『失楽園』という表題には、アダムの楽園喪失を超える、後期ルネサンスの深い喪失感が刻みこまれている。アダム追放の物語のなかに楽園を追われた近代の人間の姿が透けて見えるのである。人間を楽園から追放したのは、ジョン・ダンが、エリザベスという未知の少女の死を悼んで書いた『一周年追悼詩』で、「新しい哲学」と称した近代科学、また近代的な思考だった。新しい科学の到来が、近代人の彷徨と昏迷を生んだ。

新しい哲学が一切のことに疑いを差しはさむ。
地球を取り巻く火の元素がかき消された。
太陽も地球もあたりを彷徨い、人間の知力は
それをどこに求めるべきか探れない。
惑星のあいだに、また天空に多くの新しい世界を求めながら
人びとは勝手放題に、この世界は
消尽したと公言し、世界が元の原子となって
ふたたび砕け散ったと考える。
一切のものが崩壊し、一切の統一、
一切の正当な相互関係、一切の人間関係が消滅した。

（二〇五―一四）

ダンはかく歌い、楽園であったはずの世界の変貌を歎いた。西欧の近代的人間は二度目

の楽園喪失を経験したのである。

『失楽園』の刊行から百二十年を、『一周年追悼詩』出版から七十年近くを遡行する。コペルニクスが、死の直前に『天体の回転について』を公刊している。そのなかでコペルニクスは、地球を「彷徨う星々の一つ」(una errantium syderum)と呼び、「地球が動くということに矛盾するものは何もない。……地球がすべての回転の中心ではないことは、惑星の見かけの不規則な運行および地球からの距離によって証明される。……結局、太陽が宇宙の中心を占めていることが承認されるであろう[2]」と主張する。この論文はローマ教皇パウロ三世に献呈されたが、当初教皇とカトリック教会はコペルニクスの献呈を受けいれた。それは引用文に見られる「……矛盾するものは何もない」、「……によって証明される」、「……が承認されるであろう」といった数学の定理や論理学の命題の証明に似た文体が、カトリック的宇宙観の崩壊という深刻な事態を認識させなかったためだろう。神学者アンドレアス・オシアンダーが短い序文「この著述の仮説について読者へ」をつけ加えて、「実際においてこれらの仮説が正しいとか本当らしくないとかいう必要はない。それらは観測にあう計算をあたえるという一つのことだけで十分である。……これらの仮説に関しては天文学に確かなものを期待しないように願う[3]」と奇妙な弁解じみた言い方をする。

実はオシアンダーの戦略的な文辞は、コペルニクスの仮説が正しいと訴えているも同然なのだ。ルターやメランヒトンはコペルニクスの理論を否認し、後にカトリック教会はこの著述を禁書目録に加える。新天文学が徐々に普及し、イギリスでは一五七〇年代にコペルニクスの部分訳が出版された。

地球が宇宙の中心的な位置から周辺に転位したという認識が西欧の知識人に倫理的、情緒的な影響を及ぼし、彼らの著述に主要なモティーフを提供した例をダンに見るのだが、ダン学者のドチャティーはそうした時代的な情況を次のように要約している。

天文学的思考におけるコペルニクス革命とともに、地球の根本的な「転位」と、人間に容認されていた特権的な地位の「転位」が生ずる。中心性と安定した確信が失われ、人間は宇宙の彷徨う星のように「追放」また「彷徨」の状態におかれる。『失楽園』のような作品が書かれるために時が熟した。(4)

さらにドチャティーは、ティコ・ブラーエやケプラーがコペルニクスのいう地球の「彷徨」(error)を重視し、ケプラーが惑星の軌道を円から楕円に修正したことに触れ、またそれを知った西欧人の不安に言及して、「この不安が存在したことの明確な徴候は、スペンサーが一五九〇年に『妖精の女王』のなかに擬人化された妖怪『迷妄』(Error)を気安く導入したことにあるだろう(5)」と記す。『妖精の女王』第一巻の騎士がはじめて遭遇する怪物の名称が、他の怪物のように神話や倫理的な大罪に由来するのではなく、天体の運動に関する用語であるのは奇妙な印象をあたえるのである。この怪獣は退治される寸前に、腹からあまたの毒とともに「本や小冊子」(一巻一篇二〇・六)を吐きだす。天体の彷徨が人間の迷妄を連想させ、「新しい哲学」が知的陥穽となりかねないことにスペンサーは直感的に気づいていたのである。

ミルトンが近代天文学に強い関心を抱いていたのは、『失楽園』にガリレオとその「光学レンズの筒」が再三言及されていることから明らかである。ガリレオは『失楽園』で名をあげられた唯一人の同時代であったことは広く知られている。まずミルトンによるガリレオの言及の仕方を見ることにしたい。まず第一巻、地獄に落下したサタンが劫火の深淵から起き上り、炎の波間をくぐって荒涼たる凍土に向って歩きだしたところである。

……サタンは、天上で鍛えられた、
ずっしりと重く、巨大で、丸い楯を
背にかけていたが、肩に乗せた

その円形の拡がりは月面のようだった。
トスカナの天文学者は、夕暮れ時
光学レンズで、斑点だらけの球体に
新たな陸地や川や山を見つけようと
フィエーゾレの丘やアルノー渓谷から見上げる。

（一・二八四―九一）

次は第三巻で、サタンは人類の始祖を誘惑するために地獄から旅立ち、天上の門のあたりから宇宙全体（ミルトンの用語では「この全世界」）を俯瞰する。サタンはそこから一気に下降するが、「天上の光輝に似た」光を放つ太陽に心を引きつけられ、その球面に向かう。

魔王は降り立つ。その姿は黒点のようだが、
天文学者は光学レンズを覗いても、
輝きわたる球面にそんな黒点を見てはいないだろう。

（三・五八八―九〇）

最後は第五巻、アダムとエバにサタンの誘惑がせまる前に、大天使ラファエルが彼らに知恵を授けるために天上から遣わされる。この使者も天上の門を出て、はるか地球を見下ろす。(引用詩中のデロス島は太陽神アポロンとディアーナの、サモス島はユーノの生誕の地とされる。)

それは、夜毎ガリレオの光学レンズが、
これより朧なものながら、月面の陸や諸地域と
想像されるものを映すさまに似ていた。
またキクラデス諸島のあいだを進む船の舵手に、
はじめに、雲がかかった黒点のような
デロス島、サモス島が現れるのにも似る。

(五・二六一—六六)

新天文学のイメージを利用したこれらの詩句に関して、最近エイミー・ボウスキーが刺戟的な論考を発表した。周知のように、ミルトンは『アレオパジティカ』のなかで、一六三八、九年の大陸旅行に際して、「私は監禁中の著名なガリレオを訪ねた。彼は年老いて、

フランシスコ会やドミニコ会の出版検閲官と天文学上の見解を異にし、宗教裁判所の囚人となっていた」[6]と回想している。知的自由を求めて拘束され、裁判所の囚人となっているガリレオに対するミルトンの敬意をここに読みとることができる。しかし『失楽園』に描かれるガリレオ像はさまざまに解釈されて、いわゆる「ガリレオ問題」(the Galileo Question)を生じさせるのである。ボウスキーはそれらの議論を相対立する二種類の見解に要約する。一方はガリレオを、「別世界の秘められた事柄」(五・五六九)をアダムに教示する大天使ラファエルと並べて、「人知の限界を超えて聖なる事物を示唆するヴィジョンの人」と取り、他方は、人間の堕落を触発する幻視、幻想と結びついた、「微妙にサタン的」な存在と考える。ボウスキーはこれらの解釈を折衷するような形で、ガリレオを「見ること《ヒューマン・ヴイジョン》」の力と限界を体現する二重性を備えた人物として位置づける。[7]「ガリレオ問題」を通じて、ミルトンもスペンサーやダンと同様に、「新しい哲学」に対してアイロニカルな態度を保持していたことを知るのである。ボウスキーは、ミルトンがガリレオの「光学レンズの筒」に触れた三つの詩句のいずれにも、spot(黒点・斑点・汚点)あるいはその形容詞のspottyという語が用いられていることに注目する。[8]月が、「斑点だらけの球体」であるならば、アルベルティの「最も完全にして神聖な形態は円である」という定言から見て、調和と神聖を欠く天体にすぎない。地球も同様である。またミルトンからすれば、ガリレオが見た月面は、ラファエルが天空から見た地球より「朧なもの」であり、そこで観察された陸地や山や谷は「想像されるもの」にすぎない。さらには太陽に降り立ったサタンに託して、ミルトンがガリレオの太陽黒点論を揶揄する気配が感じられる。ミルトンがガリレオを知的冒険の先駆と考えながら微妙な描き方をするのは、ガリレオの言説と関わりがあるかもしれないのだ。ボウスキーはそのことを訴えるために、ガリレオの『太陽黒点論』（一六一三年）からあまた引用するが、次はその一部である。

私は黒点が太陽にあることを、肯定も否定もしないにしても、太陽にないと証明するには不充分であるとだけ申上げておきます。

黒点は太陽本体で生じ、蒸気、あるいは靄、あるいは雲、あるいは煙であるか、あるいは他の領域から引き寄せられたものからなるのかもしれません。私たちには、知りえない他の無数のことがあるのですから、この点について、私には不確かです。(9)

論敵と議論をしているはずのガリレオが、ここに読みとれるような「順応的言語」(accomodated language) を使ったところに問題があるというのである。ラファエルは、戦う天使の見えない功業や、かつて栄光に輝いた堕落天使たちの破滅といった「別世界の秘められた事柄」をアダムに伝えようとして、「いかにして語ろうか」（五・五六四）と苦慮する。ボウスキーは、ガリレオがラファエルのように、別世界の消息を描くために「言語が不適切であることを鋭く意識している(10)」と指摘する。

ミルトンは一時「光学レンズの筒」に不快な気持ちを抱いたのかもしれない。王政復古期に望遠鏡が風俗品また玩具として流行して、ピープスが『日記』に、自分が教会でこれを使って女性会衆席を見渡し窃視者として楽しんだことを記すのである。バニヤンが『天路歴程』のなかで、望遠鏡をもつ羊飼いを登場させたことも玩具として望遠鏡が広く行きわたっていたことの証拠と考えていいだろう(11)。天体に関するアダムの問いかけに対してラファエルは次のように答える。

尋ねたり、知ろうとするのを私は咎める積もりはない。
天空が「神の書物」として汝の前におかれているのだ。

（八・六六―六七）

知識を獲得するには、もし汝が正しく判断すれば天が動こうが、地が動こうが重要ではない。

（八・七〇―七一）

天空を支配する太陽が地球の上に昇るのか、
地球が太陽の上に昇るのか……
こうした隠された事柄に思いを馳せるのを止め、
天上の神に委せ、汝はただ神に仕え、神を畏れよ。

（八・一六〇―六一、一六七―六八）

百行を超えるラファエルの忠告は、熱烈な知的探求者ミルトンにしては退嬰的な印象を拭えない。そのために「ミルトンは偽善に近い態度を経験的な不確実性に織り交ぜ、……天文学の観念自体に倫理的な攻撃を加えながら、ラファエルに、天空についてのアダムの率直な好奇心に対して答えさせる」（ウィリアム・ケリガン[12]）といった激越な証言を生む。とはいえミルトンは「さまざまな種類の十七世紀の真理を融和させようとし、古い人文主義と新しい経験主義の分裂ではなく結合[13]」を求めた、とケリガンは考えているのである。確かにラファエルは天上から遣わされた教師として、アダムの反応に従って伝授すべきことを知識scientiaから知恵sapientiaに重点を移した。ミルトンは「神の書物」としての天空を探求する意欲と、「新しい哲学が一切のことに疑いを差しはさむ」ことの不安の双方に関心を寄せていたと取っていいだろう。

ミルトンは第三巻の序詩で、「聖なる光」に呼びかけて盲目となったことを歎くが、ボウスキーはここにも天文学のイメージが使用されていることを指摘する。

私はいまや安らかな心で
汝の至高の生ける燈火を再度訪ね、その力を感ずる。
だが万物を照らす光と夜明けの輝きを求めても、
空しく回転する私の眼を汝は二度と訪れてはくれない。
黒内障が眼球から光を隈なく消してしまった……。

（三・二一―二五）

ミルトンは「眼球」（orbs）が「回転する」（roll）と書くが、そこには「天体」が「運行する」という意味が重ねられている。(14) ダンは目が眩み、蹌踉めく身体から円運動をする地球を連想し、ミルトンは見えぬ眼球の回転を同じく天文学的奇想を使って描く。こうしてミルトンは眼が心に移植されて、眼に見えぬ天上の光を見ることを祈願する。「内なる眼」という着想だが、ミルトンはガリレオの探求に心を寄せながら、望遠する眼から見えない眼に関心を移す。

ミルトンの「ガリレオ問題」について考える時、『失楽園』の冒頭三巻に溢れるアイロニーについて記すマッカフリーの言葉を思いだすのである。マッカフリーは、サタンとその驍将たちが悪魔の宮殿《パンデモニアム》にあって、地獄への追放に対する復讐を諮っていた時、部下の天使たちが神学や哲学の徒となって瞑想にふけり、たがいに哲学的な議論をする場面に着目する。他に戦闘の競技をする者、天使らしい調べでおのれの武勲と敗北の次第を歌う者もいたが、これらの堕落天使たちは後期ルネサンスの人文主義者と同じ思索を積み上げる。

なかには仲間を離れ、山に退く者もいて、
心を昂ぶらせ、摂理、予知、意志、運命、
つまり宿命、自由意志、限りない予知について
気負った思弁に耽り、
末は曲がりくねった迷路に陥るのだった。
彼らは、次いで道徳的な善悪や幸福、

最後に到来する悲惨、情熱や無感動、
栄光また恥辱、すべて空ろな知恵と
偽りの哲学について果てしなく論ずるのだった。

（二・五五七―六五）

マッカフリーはこの一節の後半を引用して、次のように主張する。

『失楽園』を読んで、ミルトンがほとんどいつも二つの観点を取り続けているのを忘れないことがまず肝要である。ミルトンは世界を、時間を超えた立場と、騒がしい活動の場から同時に見ている。活動の場にあって、戦う意志と浅慮ながら弾力性のある人間に対する信頼は現実的なものであり、無くてはかなわぬものなのだ。哲学は偽りかもしれないが、人間は哲学し続けるであろう。……ミルトンはこれらの詩句のなかで、自分の関心事を含め主に人間的思索について描いている。……アイロニーは読者の共感的情緒と批判的知性を同時に誘いだす。重要なのは、アイロニックな人生観は単一な態度を許さないということである。[15]

ミルトンは「単一の態度」を貫く一枚岩の詩人ではないとする立場が明確なので、長く引用した。ここでは「ガリレオ問題」にあったアイロニーが、広く哲学全般に及んでいる。「哲学は偽りかもしれないが、人間は哲学し続けるであろう」。同じく、美しい調べで歌うのは悪魔たちの業かもしれないが、ミルトンも「天使らしい調べ」で天使の武勲や敗北を歌うのを止めない。同じアイロニーが神話や民間伝承に対するミルトンの関心と否認をはじめ、自然観や女性観といったいくつかのテーマに伏在しているだろう。こうしたことが『失楽園』が文化的葛藤のなかに生成されたことの証左となる。

サタンが天上の戦いに敗退して墜ちた地獄界の描写と、復讐心に燃えて混沌界を飛翔し地球に到るサタンの宇宙旅行に関して、マージョリー・ニコルソンは『月世界の旅』(一九四八年)のなかで、新天文学者たちが及ぼした広範な影響を論証している。『観念史辞典』(一九六八年)には特別に「宇宙旅行」の項目が立てられているが、ニコルソン自身がそこで同趣旨のことを要約して書くのである。[16] しかし幻想的な地獄絵図も大胆不敵な旅もいずれもサタンに関連があり、「新しい哲学」に対するミルトンの微妙な姿勢を暗に示している。望遠鏡を覗くガリレオを「微妙にサタン的」な存在と見る立場からすれば、自説を支持する材料になりうるものだが、そのことは後にふたたび触れることにする。

ニコルソンは「ミルトンの地獄」を三種類に分類する。[17] 第一の地獄は、古典時代や中世の資料の他にミルトン自身の「視覚的記憶」に依存しているという。ミルトンはイタリア旅行の折、ナポリ近郊にあるフレグレイの火山地帯を訪ねたとニコルソンは推測する。そこは何世紀ものあいだ、ギリシア神話に伝えられる神々と巨人たちの戦闘の場面であったと伝えられ、またホメロスが『オデュッセイア』十一巻で描くキムメリオ人の国——大洋の果て、陽が昇ることのない幽暗の地——と想像されてきた。さらに噴火口は冥途の入口であり、英雄アイネアースがそこから下って地獄巡りをした（『アイネーイス』六巻）。そうした伝承の他に、ミルトンがナポリを訪れた年、火山学と地震学に詳しいドイツ人、ジェズイットの学僧アタナシウス・キルヒャーが『地下世界』のなかでフレグレイ探訪の記録を残している。暗い岩屋のなかは厭わしくも恐ろしく、あたりはドラムを敲いたような轟々たる響きをあげ、足元には煮えたぎる黒い泥水が流れている。キルヒャーは「ここに来てだれもが地獄のなかにいるように思うだろう」と記す。『失楽園』一巻に「周囲は大きな炉が燃えているようだが、吹きでる火は光を放たない」（六一—六三）、あるいは「焦げた地底に悪臭や煙が立ちこめる」（二三六—二三七）と書かれていて、その描写の仕方には、ミルトン自身の視覚的経験が反映しているという印象をあたえる。

ニコルソンは、焦土から余り遠くないところに忽然と霧のようにせり上げられた壮麗な悪魔の宮殿《パンデモニアム》（一・七一〇以下）を第二の地獄と呼ぶが、その彼方に第三の地獄が拡がる。地獄の主領たちの会議が終って、堕落天使たちは新たなる安住の地を求めて彷徨する。見えるのは荒涼たる異空間であり、彼らが経験するのは「恐るべき極端から極端へのむごたらしい変化」（二・五九八―九九）だった。悪魔たちは柔かく暖かい天使の体を燃える炎に焼かれ、ついで氷漬けにされ、ふたたび炎のなかに返される。サタンの徒党は凍った山脈と熱い山脈からなる死の世界を歩かなければならない。ニコルソンは地獄が「地形的に月面にひどく似ている」と書き、ミルトンがヨハネス・ケプラーの空想科学小説『夢』の舞台となる月世界を模倣した可能性が高いと考える。ケプラーは『夢』の物語のなかで一冊の書物を手に取る。その主人公のアイスランド人ドゥラコトゥスは、偶然機会をえてデンマーク人ティコ・ブラーエに天文の術を学び、レヴァニアと名づけられた月に渡る。レヴァニアは、「非常に高い山々や深く広い谷を有している。……どこもかしこも穴だらけだ。……こういう奥まったところは、住人たちが熱気や冷気から身を守るための恰好な場所である」と書き、「ここは最大の極端によって特徴づけられ、酷暑と極寒の最もはげしい交代が行われる」と注釈をつけている。(18) ニコルソンの推測に疑念を差しはさむ余地はなさそうである。

さらにミルトンは、「新しい哲学」の使徒たちに想像力を刺戟されて、『失楽園』のなかにサタンの長い宇宙の旅路を描きこむ。ミルトンはすでに天文学上の新知識に通じていて、混沌界を「空ろにして形なき無限」（三・一二）と記述し、「星々で飾られた天の川」（七・

五七九―八一）が天の道の舗道をなすと書くが、それればかりかサタンの天空飛翔の物語のなかでケプラー以来の天文学に彩られたファンタジーをなぞる。ケプラーはガリレオとは異なり、月世界に大気の存在を想定し、ある種の生物が住むと考えた。

無数の星々は遠くから見れば
星として輝くが、近くからは地球と同じ世界にみえた。
……だがそこにだれが幸せに住んでいるかを
サタンは立寄って調べようとはしなかった。

（三・六六五―六六六、七〇―七一）

無限、天の川、生物が住む別世界――ブルーノ、ガリレオ、ケプラーが観察し、想定したものを、ミルトンは作品のなかに次々に取りこんでゆく。
ミルトンは球状の宇宙の外に拡がる混沌界に格別の関心を寄せる。地獄の門に立つサタンの眼前に、「暗く果て知れぬ大海原、境界も拡がりもなく、長さ、幅、高さもなく、時間も空間もない、『自然』を生んだ老いた『夜』と『混沌』が永遠の混乱を保ち続ける」（二・八九一―九六八）。サタンはついに混沌界を渡りきり、宇宙の固く暗い球面に降り、さらに地球を目指して下降線を描きながら宇宙遊泳をなしとげる。その飛行のさなかに、いくつもの「地球と同じ世界」を見たのだし、おのれ自身が「黒点に似たもの」として太陽に降り立ったのである。

ニコルソンが書くごとく、「なるほどサタンは神に反逆しこそすれ、なお一人の天使であって天使の翼を駆って空を飛んだ」。そして他の宇宙旅行者とともに、「広大な未知界の恐怖と魅力を感じた」のである。サタンが混沌界に旅立とうとする時のことである。

ついにサタンは飛翔しようとして
風を孕んだ帆を拡げ、押し寄せる煙に
乗りながら地面を蹴る。そこから
雲からなる空飛ぶ車に乗ったかのように
測り知れぬ距離を大胆に上昇する。
だが飛ぶ車はすぐに勢いを失い、茫漠たる真空に
出会う。サタンは思わず翼をはばたかせるが、
空しく一気に一万尋《ひろ》を落ちた。

(二・九二七—三四)

次の二つの詩句は、サタンが混沌界を支配する王の宮殿に立寄って目的地が近いのを知った時と、宇宙の全体を見渡した時の描写である。

サタンはおのれの航路がやがて
陸地に巡り着くのを知って喜び、新たなる
気力と活力を奮い立たせ、燃えるピラミッドのごとく
荒れる虚空のなかに飛び立つ。

（二・一〇一一—一四）

サタンは突如現れた宇宙を
端から端まで感歎しつつ見下ろす。
……美しい宇宙を見たこの悪しき天使は
抑えがたい感慨に襲われたが、
それより強く嫉妬を覚えたのだ。

（三・五四二—四三、五五二—五四）

サタンの混沌界の旅は「困難と労苦」（二・一〇二一）を伴ったが、サタンは不安を抑えて「大胆に」飛び立ち、その飛ぶ姿は「気力と活力」を見せ、宇宙の全容に接した時はその美しさにサタンはただ感歎する。だがそこに住む者に対して嫉妬を感じた。嫉妬心を抱くことによって、サタンは「悪しき天使」として『失楽園』という聖なる叙事詩の構造のなかにふたたび同化される。デュロチャーはサタンの宇宙旅行を、オウィディウスの『変身物語』第二巻でパエトンが父なる日輪の神の馬車を御して天空を飛んで墜落したエピソードと比較し、サタンの無思慮を指摘する。[19] サタンは大胆だったのではなく無謀だった。従ってニコルソンが多少のヒューマーを混えて気象学的にサタンがエアポケットに遭遇したと書くところを、デュロチャーはサタンが思い上がっているために一万尋を落ちたとの倫理的な批判を加える。こうした対立する解釈を生む曖昧さはミルトン自身のなかにあったものかもしれない。ミルトンは天空を行くサタンとともに「広大な未知界の恐怖と魅力」を感じ取っただろう。それゆえ『失楽園』は「英語で書かれた真に『超自然的な』宇宙旅行最後のもの」として、同時に「最初の近代的な宇宙詩」としてその幻想性が読者の心に刻みこまれる。

天よりの使者ラファエルが、天文学上の疑問を投げかけたアダムに向って「隠された事柄に思いを馳せるのを止めよ」と応じた時、新旧二つの宇宙観が拮抗していた。ニコルソンは、「無限の空間という新しい観念が、『失楽園』においてしばしばプトレマイオスの有限な宇宙の境界を消滅させる」と記し、グランド・マッコリーの論考を要約して、アダムの考えは、ロイヤル・ソサイエティの有力な会員、科学者にして『新世界発見』(一六三八年)の筆者のジョン・ウィルキンズのそれに等しく、それに対してラファエルはさまざまな知的領域で近代主義に対抗したアレグザンダー・ロスの立場を踏襲すると書いている。ニコルソンはさらに『円環の崩壊』のなかで次のように記す。

アダムの世界はいまだプトレマイオスまたティコ・ブラーエの宇宙であり、地球は中心に位置し、惑星は円運動に従う。これがアダムの宇宙だったが、かならずしもアダムの創造者ミルトンの見解とはいえない。ミルトンは、サタンを古い混沌と古い四大元素の世界の旅に出すが、旅をするサタンはガリレオの月のそばを通り、他の惑星に 生物が居住する可能性について考えた。[20]

ミルトンが「新しい哲学」に不安とともに魅力を感じたために、『失楽園』に二巻から三巻にわたるサタンの宇宙旅行を書きこみ、ラファエルとアダムの長大な対話を収めたことは確かだろう。しかし同時にミルトンは、天文学の知識に関心を抱くのは禁断の木の実に手を伸ばすことに等しいという、当初の宗教改革の指導者たちさえ抱いた見解から逃れられなかった。そのことがラファエルの「順応的言語」に表われている。サタンの宇宙飛翔の終着の地エデンが、「人間の被害が始まる場所」（三・六三三）であることをミルトンは忘れずに書きこむ。そしてエデンから第二の宇宙旅行を経てパンデモニアムに帰還したサタンの末路は、『変身物語』でアポロンに退治されたピュトン（一巻）や、テーバイの建設者カドモス（三、四巻）のごとき、大蛇への変身である。[21]

『失楽園』には、マッカフリーのいう「共感的情緒」と「批判的知性」の対立が充溢している。それが『失楽園』の、説き明かすことが困難な神秘である。ミルトンは知的欲望に促されて、「新しい哲学」を選択しながら、ボウスキーが論証するように、それに対する懐疑を隠さず、おのれの好奇心を抑制しようとする。伝統的な思考と知的探求が重ね合わされているのだ。『失楽園』は「楽園喪失」による近代的な人間の混迷と新しい世界への期待を共存させた作品であると言っていい。ウィリアム・ケリガンが、この叙事詩の「意味は永久に読者の手に届くことはなく、不安定なままであり、たえず形成され続ける」[22]と述べるが、その訴えは真に示唆的である。ミルトンの女性観を論ずるダイアン・マッコリーが「すぐれた詩は決して終ることがない」[23]というのも同趣旨である。『失楽園』は他の偉大な作品と同じく一枚岩の作品ではなく、究極的な「意味」は不安定なままであり、詩人自身によって、また読者によってたえず意味が形成される。ミルトンは人間の不従順というテーマに「新しい哲学」からえた知見を加えながら、おのれの精神の構造を言語によって、また言語として表現しようとする。『失楽園』はみずからそのことを語り続ける。

註

(1) マリオ・プラーツ『官能の庭――マニエリスム・エンブレム・バロック』(若桑みどり他訳、ありな書房、一九九三年)、二五七―五八頁。
(2) 矢島祐利訳、岩波文庫版、四一―四二頁。この前後の内容は第一章で詳述した。
(3) 同書、九一―一〇頁。
(4) Thomas Docherty, *John Donne, Undone* (Methuen, 1986), p. 8.
(5) Docherty, p. 19.
(6) *Complete Prose Work of John Milton* (Yale University Press, 1953-82), vol. 2, p. 538. ミルトンはガリレオに会ってはいない、ミルトンの筆が走ったとの異論が脚注に紹介されている。それに対する反論も少なくない。
(7) Amy Boesky, "Milton, Galileo, and Sunspots : Optics and Certainty in *Paradise Lost*" in Albert C. Labriola (ed.), *Milton Studies* XXXIV (1997), pp. 23, 41n.

(8) Boesky, pp. 26-28.

(9) 世界大思想全集、第二期三一巻（籔内清訳、河出書房新社、一九六三年）、四二、四七頁。

(10) Boesky, p. 34.

(11) Boesky, p. 30. 刺激的な論考、圓月勝博「望遠鏡と鏡と不思議の国バニヤン」、『英語・英米文学の光と陰』（内田・植苗・山本編、京都修学社、一九九八年）参照。

(12) William Kerrigan, *The Sacred Complex : On the Psychogenesis of Paradise Lost* (Harvard University Press, 1983), p. 197.

(13) Kerrigan, p. 195.

(14) Boesky, p. 39.

(15) Isabel Gamble MacCaffrey, *Paradise Lost as "Myth"* (Harvard University Press, 1959), pp. 182-83.

(16) Marjorie Hope Nicolson, *A Reader's Guide to John Milton* (Syracuse University Press, 1963, 1991), pp. 193-200. Philip P. Wiener (ed.), *Dictionary of the History of Ideas* (Charles Scribner's Sons, 1968, 1973), vol. 1, pp. 524-26. Nicolson, *Voyages to the Moon* (Macmillan, 1948, 1960) の出色の邦訳、『月世界の旅』（高山宏訳、国書刊行会、一九八六年）、九八－一〇〇頁参照。

(17) Nicolson, *The Breaking of the Circle : Studies in the Effect of the "New Science" upon Seventeenth-Century Poetry* (Columbia University Press, 1948, 1960), pp. 186-87.
(18) 『ケプラーの夢』(渡辺・榎本訳、講談社学術文庫、一九八五年)、五八、一五八頁。
(19) Richand J. DuRocher, *Milton and Ovid* (Cornell University Press, 1985), p. 142.
(20) Nicolson, *A Reader's Guide to John Milton*, pp. 271-72.
(21) DuRocher, pp. 119, 128.
(22) Kerrigan, "Milton's Place in Intellectual History" in Dennis Danielson (ed.), *The Cambridge Companion to Milton* (Cambridge, 1989), p. 272.
(23) Diane K. McColley, "Milton and the Sexes" in Danielson, pp. 163-64.

あとがき

ジョン・ダンの『唄とソネット』は、シェイクスピアの『ソネット集』と併せて、イギリス・ルネサンスの抒情詩集として双璧をなす作品である。『唄とソネット』の総計五十数篇の詩に共通するものはウイットとパラドックス、あるいはダン以前の抒情詩人に欠けていた活力に満ちた論理（自我の大胆な表出）である。しかしこの詩集は愛を主題とするとはいえ、描き方が多様で、全体から見て不統一という印象を拭えない。放恣・好色な詩もあれば、感覚を超えた男女相互の愛を称える詩もある。ウイットにしても過度の遊戯性に走るものもあれば、ダンの運命をのぞかせる暗い情緒にみちたものもある。そのために、本文に記したように、ダンの詩は作者の「感情生活の狂ったような混乱」を示すとの評言が聞かれ、またダンはつねにおのれの作品に不満をおぼえ、「(そのため）それぞれの作品が他の作品の反動であり、反撥である」との指摘もある。あるいは余情を欠いた単純な詩から複雑な思考を反映する詩までを一列に並べ、概略ながら執筆年代を推定する試みもある。

『唄とソネット』に見られる多様性は、他のジャンルの詩ではどういう形に結実したただろうか。調べるうちに、新しいテーマに出会うことになった。「1　モザイクの世界」は、中断された未完の長篇詩を扱う。それは霊魂が植物や動物や人間のなかに転生する物語であり、断片的な詩的小世界を重ねたモザイク状の叙事詩である。エロティシズムここに極まれりといった作品だが、そこにはコペルニクスの天文学についての間接的な言及があり、「新しい哲学」（新しい科学、近代的な合理主義）に基く観察と思考が精細に記されている。新天文学に対するダンの態度は微妙で、当初ダンはそれを受けいれるのか退けるのか判然としない。しかしダンは結局「新しい哲学」を受容する。その結果いまに続く古くて新しい、詩人と認識という問題に直面することになる。ダンは『唄とソネット』で愛に関する複雑な思考と遊戯性を同時に見せたが、ここでは超越的世界と知的世界のあいだをたえず往復する。この詩人はそのような緊張した往復運動のなかに詩作の機縁をつかむのである。

ダンは、一人の少女の早過ぎた死を悼む二篇の『周年追悼詩』のなかに、「新しい哲学が一切のことに疑いを差しはさむ」という有名な一行を書きこむ。ウォーンケは、ダンが「新しい科学的思考と実験の魅力に抗しえなかったとはいえ、見えないもの、精神的なものだけが実在性また価値をもつと信じていたために、そのことについて不安な気持を抱いた」と記す。『周年追悼詩』は宗教的瞑想の方法に従っているという有力な説があるが、ダンに著しく目立つのは、それにもまして「新しい哲学」と超越的な存在に関する思索との抜きがたい対立である。「2、3　新しい哲学」はこのことを考察した。「4　マニエリスムの詩人」は、マニエリスムをダンの世俗詩と宗教詩のなかに探った。マニエリスムに関して、グスタフ・ルネ・ホッケは『文学におけるマニエリスム』のなかで、「シェイクスピアからクラッショーにいたる英国文学は、創造的な意味でヨーロッパ・マニエリスムの一頂点をなしている」（種村季弘訳）と記す。他方バロックという用語を使ってダンの詩を分析する人も少なからずいて、私も時にはそれに倣った。マリオ・プラーツはシェイクスピアの『ハムレット』や『尺には尺を』にマニエリスムを見、『オセロ』にバロックを感じ取るが、シェイクスピアの多面性を語っているのだと思われる。プラーツはバロックとマニエリスムの区別に懐疑的な態度を取ることがあり、それらの過度に細密な分類が「いかにばかげたものであるか」とまで書いている（『官能の庭』）。「5　世俗詩と宗教詩」は、妻アンの死に当って書いたと思われる二つの作品を検討したものだが、ダンのエロティシズムと超越への志向が漸く統合されるに到ったことを記した。両者を仲介するものに錬金術的な思考があるとも書いた。「6　世俗詩と宗教詩（続）」は、「十七世紀の詩人は宗教的な作品において、世俗の愛の言葉を言いかえたり、昇華させて使わざるをえなかった」（「燃える心――リチャード・クラッショーとバロック」）というプラーツの言説に示唆を受けて文章にしたものである。また高山宏氏の清新な訳によってプラーツ『ムネモシュネ』

(ありな書房)を読んだが、そこに記されていることが本章の根幹をなしている。なおクラッショーの「燃える心」の全訳を収めた。この作品は全体を通して読まなければ長所も短所も理解しがたいと考えたのである。

最後の章は、ミルトンの『失楽園』と「新しい哲学」との関係に注意を向けた。ガリレオは『失楽園』のなかで言及される唯一の同時代人であり、ミルトンは新天文学に対して強い関心を寄せる。ミルトンは古今の知識に詳しく、その点でダンと同様に百科全書的な詩人である。ダンとミルトンといった全く対照的な詩人が共通した問題意識をもつことに私は好奇心をかきたてられた。「新しい哲学が一切のことに疑いを差しはさむ」というダンの詩の一行が本書の骨格を形造る。私はその詩句を何度も引用した。また新しい哲学に関する同じ議論を繰返して書いた。しかし繰返した議論のなかで新たな考察を加えた積りである。

本書の原稿の初出の雑誌と時期は、未発表の第六章を除いて掲載順に、『オベロン』(南雲堂)五四号(一九九一年)、五五号(一九九三年)、五六号(一九九六年)、『ユリイカ』(青土社)二七巻二号(一九九五年)、『紀要』(中央大学文学部文学科)八四号(一九九九年)、『十七世紀英文学論集』(金星堂)十号(一九九九年)である。それらの雑誌や論文集の編集者に感謝したい。今度これらを一書にまとめるに当り文章に修正を加えた。引用したダンとミルトンの詩は、すでに刊行されている翻訳を参照した。翻訳者の方々に敬意を表し、感謝する。この小冊を刊行するに当って、松柏社前社長の森政一氏から受けたご好意、現社長の森信久氏のご助力に対して感謝の気持を表したい。森有紀子さんに編集の労をとっていただいた。

早乙女　忠

二〇〇〇年十二月

著者紹介

早乙女　忠（さおとめ　ただし）
一九三〇年東京都に生まれる。一九五八年東京都立大学大学院人文科学研究科（英文学専攻）博士課程修了。
中央大学名誉教授。
著書　『想像力と文体』（南雲堂）、『花のある森』、『森のなかで』（朝日イブニング・ニュース社）
翻訳　ヒューズ『呪術―魔女と異端の歴史』（筑摩叢書）、アルヴァレズ『自殺の研究』（新潮選書）、デイシャス『イギリス文学散歩』、キッチン『詩人たちのロンドン』（朝日イブニング・ニュース社）、レナム『雄弁の動機』（ありな書房）

詩人と新しい哲学　ジョン・ダンを考える

二〇〇一年六月一日　初版発行

著　者　早乙女忠
発行者　森　信久
発行所　株式会社　松柏社
〒一〇二-〇〇七二　東京都千代田区飯田橋一-六-一
電話〇三（三二三〇）四八一三（代表）
ファックス〇三（三二三〇）四八五七

組版・印刷・モリモト印刷

ISBN4-88198-960-X
定価はカバーに表示してあります。